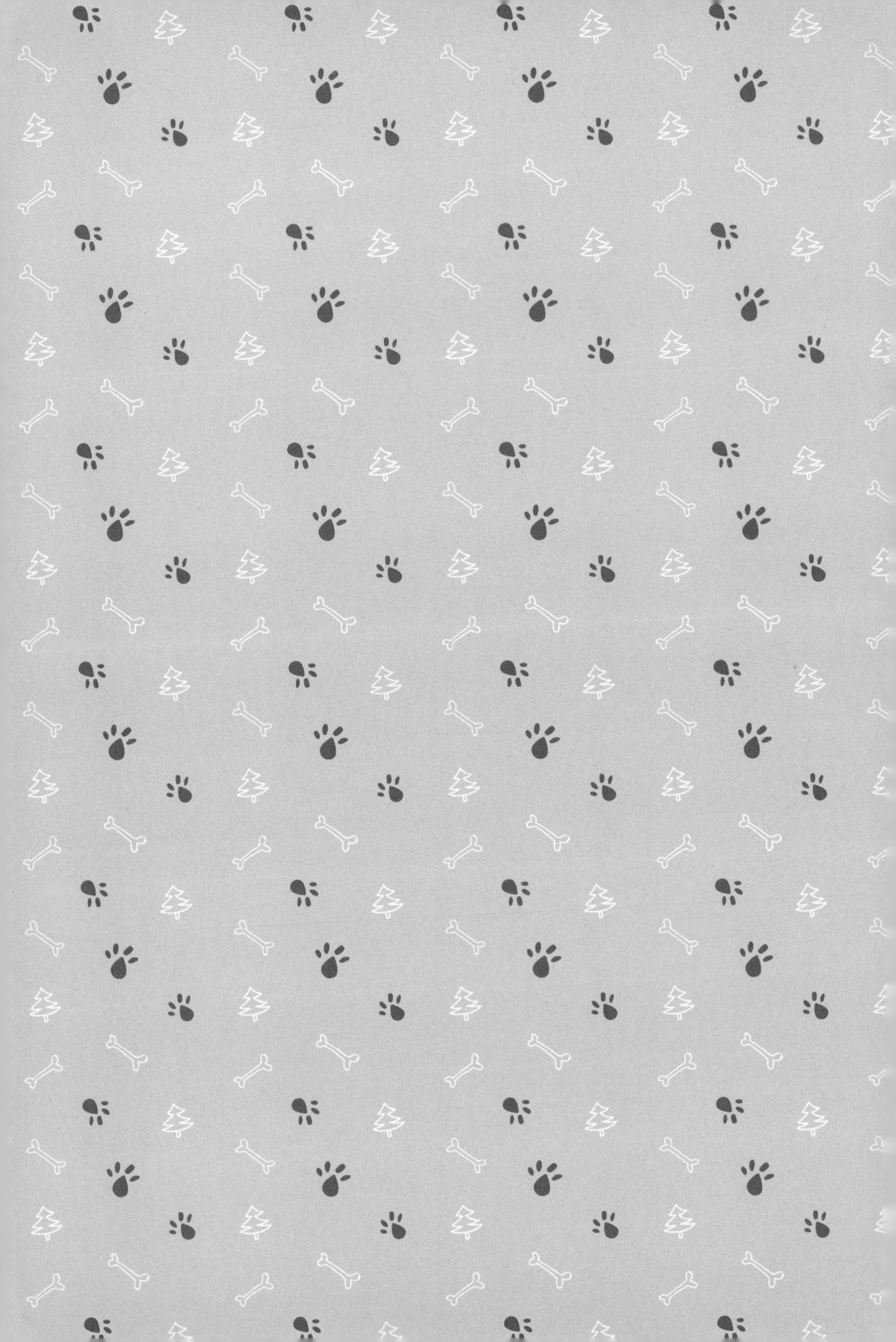

세상에서 가장 귀여운 직장동료

보리인턴

세상에서 가장 귀여운 직장동료
보리인턴

초판 인쇄 2018년 10월 10일
초판 발행 2018년 10월 15일

지은이 이효원 · 박지영 · 최한음
펴낸이 유해룡
펴낸곳 (주)스마트북스
출판등록 2010년 3월 5일 | 제2011-000044호
주소 서울시 마포구 월드컵북로 12길 20, 3층
편집전화 02)337-7800 | **영업전화** 02)337-7810 | **팩스** 02)337-7811
원고투고 www.smartbooks21.com/about/publication
홈페이지 www.smartbooks21.com
기획 윤영민 | **편집진행** 김선 | **교정/교열** 이홍림 | **디자인** 김민주

ISBN 979-11-85541-85-3 03810

세상에서 가장 귀여운 직장동료

보리인턴

글·그림 | 이효원·박지영·최한음

스마트북스

머리말

함께여서 오늘도 행복합니다

처음은 늘 어렵습니다. 보리와 가족이 되고, 창업을 한 것 모두 우리에겐 처음 있는 일이었습니다. 그만큼 모르는 것이 많았고, 우여곡절도 많았죠. 하지만 중요한 건, 우린 늘 함께였으며 그랬기 때문에 여기까지 잘 버텨왔다는 것일 겁니다. 말없이 건넨 작은 강아지 보리의 관심과 변함없는 사랑은 언제든 우리가 다시금 일어서서 버틸 수 있는 힘을 주었습니다. 그래서 우리는 모두에게 큰 활력소가 되어준 보리 인턴에게 무한한 감사와 사랑의 마음을 가득 담아 이 책을 만들게 되었습니다.

물론 반려인의 삶이 마냥 쉽거나 편하지는 않습니다. 반려견과 함께 일상을 공유하고 호흡을 맞춰나가기 위해서는 긴 시간과 노력이 듭니다. 더불어 반려인이 된다는 것은 한 생명에 대한 커다란 책임이 필요합니다. 우리는 이러한 크고 작은 번거로움, 어려움도 책에서 있는 그대로 보여드리고자 했습니다. 이는 섣부르게 생명을 입양하는 일이 발생하지 않았으면 하는 마음에서였습니다.

마지막으로 이 책을 빌어 털 친구가 오늘도 당신을 얼마나 기다렸을지, 그리고 얼마나 큰 힘이 되는 소중한 존재인지를 공감하고 공유하고 싶었습니다.

어느덧 주관이 뚜렷한 성견이 된 보리는 오늘도 출근합니다.
우리는 함께여서 오늘도 행복합니다.

2018년 10월

이효원·박지영·최한음 드림

등장인물을 소개합니다

보리(직장견/인턴)

나이 4세

특징 코, 눈, 털 그리고 발바닥까지 모두 갈색인 푸들

업무 밝은 사무실 분위기 조성하기

자신 있는 일 산책하기, 간식 얻어먹기, 귀엽기

근무 중 가장 행복한 순간 고구마 연속으로 먹을 때, 퇴근길에 산책할 때

이효원(누나/대표)

업무 외부인 상대하기, 일하도록 북돋아 (무언의 압박) 주기, 말로써 안 되는 걸 되게 하기

자신 있는 일 보리에게 서열 1위 되기

근무 중 가장 행복한 순간 내 할 일 다 끝내고 다른 사람들 일하는 것 구경할 때, 낮잠 잘 때

"하루에 아이스크림 제일 많이 먹어본 게 몇 개인가요?"

"카리스마와 혈랭함이 공존하는 사람!"

박지영(고구마 누나/운영·관리)

업무 거래처 발굴해내기, 멀티태스킹, 마케팅고수(가 되고 싶음)

자신 있는 일 보리 환심 사기, 적당하게 선을 지키며 깐족대기

근무 중 가장 행복한 순간 다 같이 불족발 먹으러 갈 때

"모순의 잔소리는 이제 그만" (나보고 아이스크림 먹는다고 뭐라 하고 본인은 맨날 라면 먹음)

"보리에게 먹을 걸로 사는 환심은 진실되지 않아요."

최한음(작은 누나/디자이너)

업무 무에서 유를 창조하기, 별거 없는 거 있어 보이게 만들기

자신 있는 일 보리 괴롭히기, 보리에게 미움 받기,
보리 그리기

근무 중 가장 행복한 순간 버블티를 먹으며 보리 괴롭힐 때

"그림은 그렇다 치고 제품까지 귀엽게 만들다니··· 무서운 사람···" (귀여운 거 중독자임)

"보리가 디자이너님을 좋아하는 날이 왔으면 좋겠어요···."

프롤로그

그래서 결심했다

퇴근 후 나를 맞이하는 네 모습에

헥헥
헥헥

날이 갈수록 발이 안 떨어져

아이고
보리야ㅠㅠ

보리는 너무 반가워서 흥분하면 소변을 누기도 해요.

이를 어쩌나…

잔뜩 심란해 하던 그때, 친구와의 통화.
친구는 15년간 키운 강아지가 이제는 앞이 보이지도 않고
걷기조차도 힘들어 한다며, 한창 돌보아주어야 할 시기인데
외롭게 혼자 둘 수밖에 없다고 엉엉 울었다.

친구를 위로하며 생각했다.
'우리에게 남은 시간은 얼마일까.'
정말 먼 훗날 나는 후회하지 않을 수 있을까?

그래서 결심했다.

보리와 같이 출근하기로.

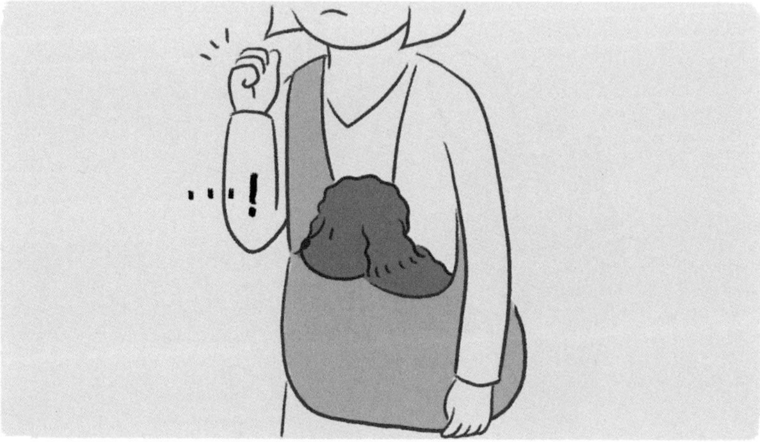

이젠 어엿한 인턴, 보리!

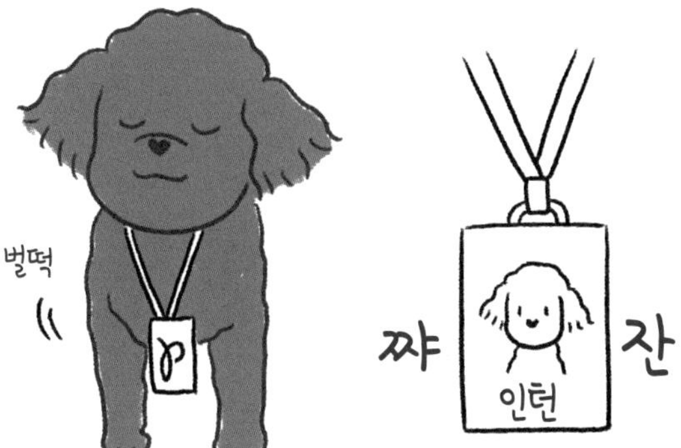
벌떡
짜
인턴
잔

차례

CHAPTER 2

우리만의 연결고리

CHAPTER 3

오늘도 출근합니다!

CHAPTER 4

반려견의 행복 레시피

CHAPTER 1

초년생 중의 초년생

회색 도시 속 강아지

이곳 테헤란로는 높은 빌딩과 콘크리트로 둘러싸여 있다.

그래서 더더욱 주목받는 나.

빌딩 숲 속 사무실은 답답하지만
답답한 건 누나도 마찬가지겠지?

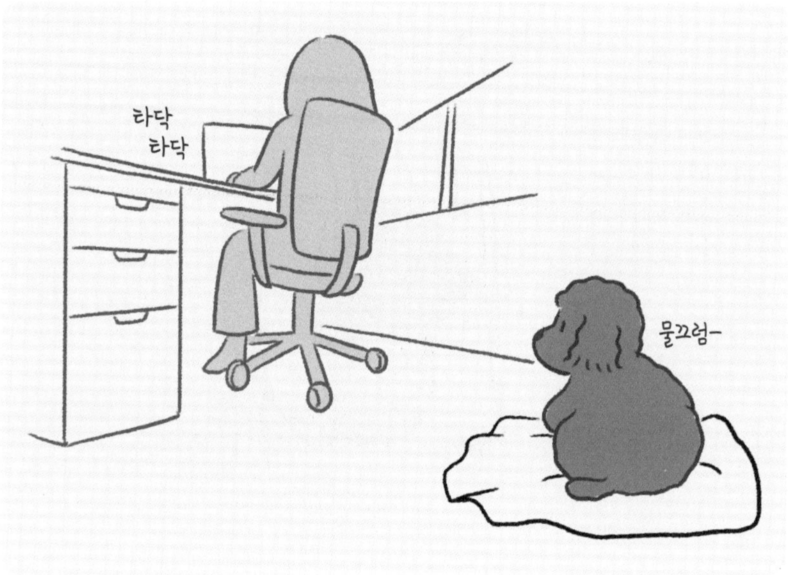
타닥
타닥
물끄럼-

그래도 함께 있을 수 있어서 다행이야.

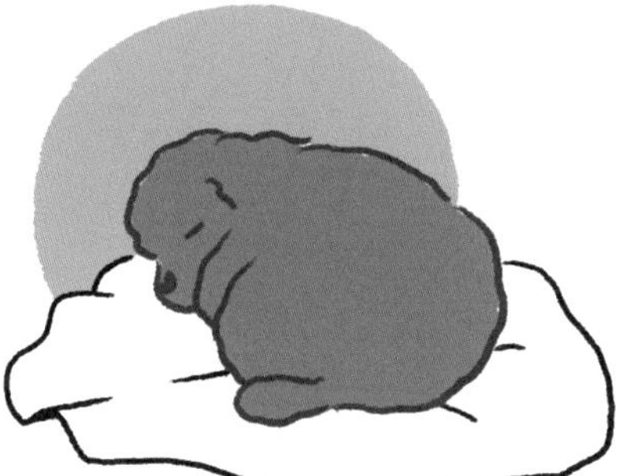

보리의 출퇴근길

오늘도 나는 대중교통으로 출근한다.

보리는 머리를 쏙 내미는 걸
좋아한다.

다들 바빠 보여….

그때그때 다른 가방을 이용한다.
어떤 날은 보리가 머리를 내밀 수
있는 가방, 어떤 날은 이동장으로.

※이동장 속 보리 시점

많은 사람들이 내게 관심을 보인다.

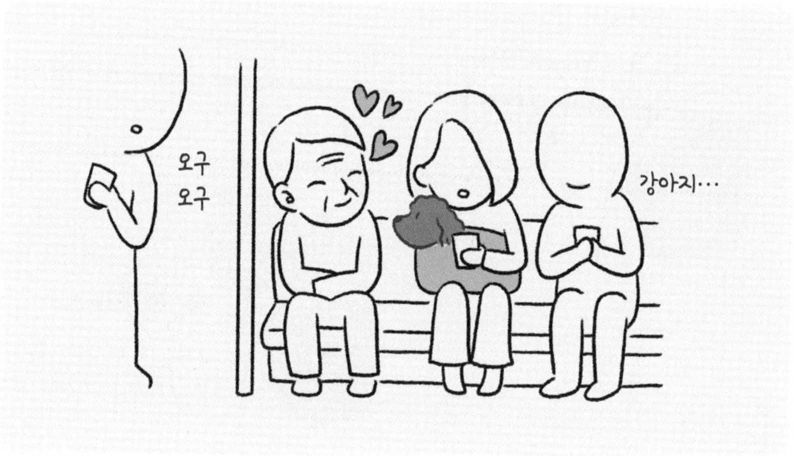
오구
오구
강아지…

건너편 학생들도 어쩔 수 없나 보군. ㅎㅎ

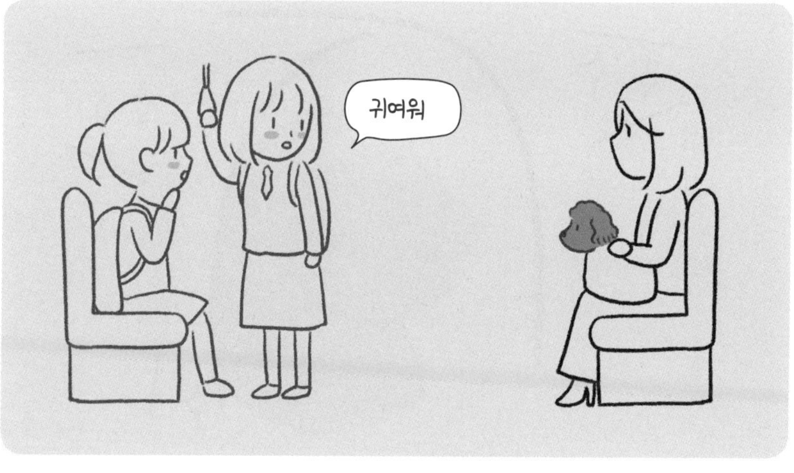
귀여워

지나가다가도

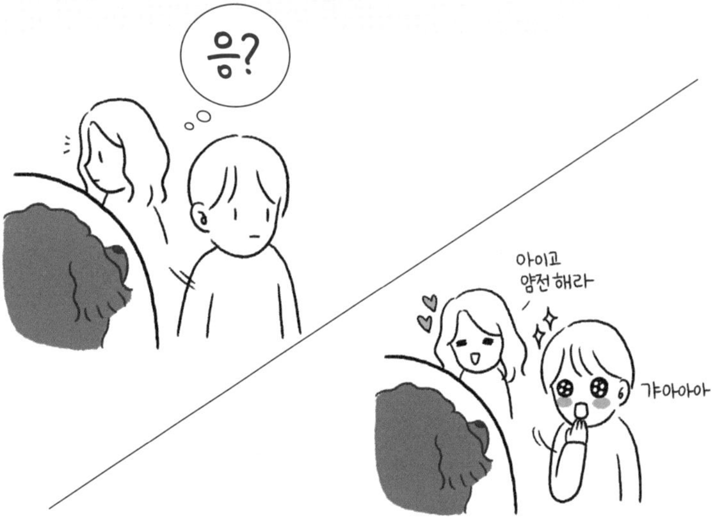
응?
아이고
얌전 해라
갸아아아

쏟아지는 뜨거운 시선들

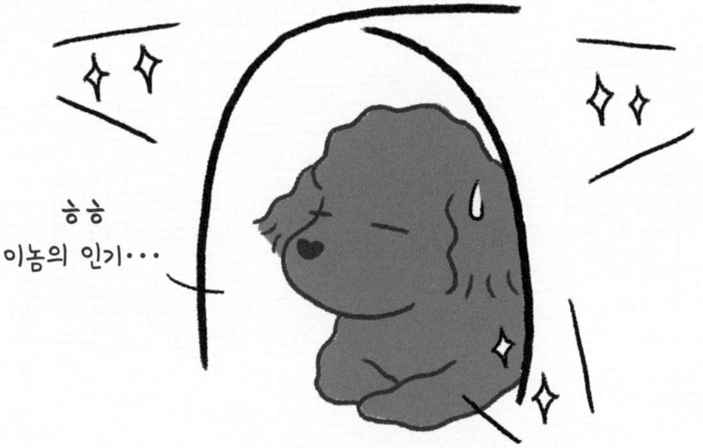
ㅎㅎ
이놈의 인기···

근데 누나가 눈치채면

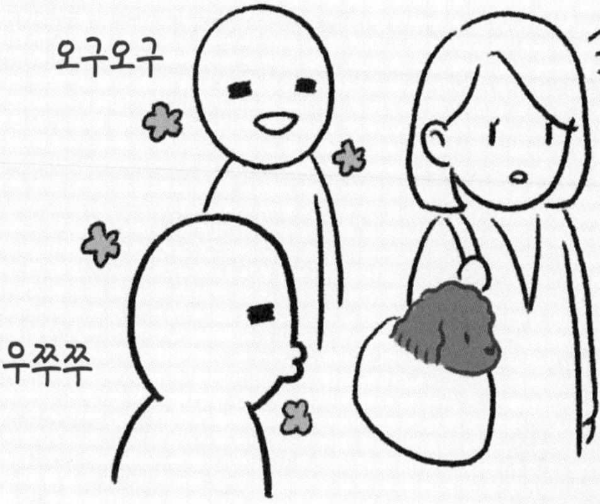
오구오구
우쭈쭈

다들 아닌 척한단 말이지. ㅋ

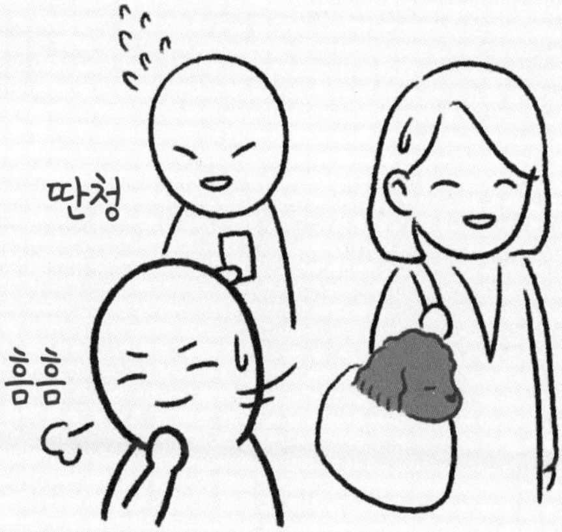
딴청
흠흠

오늘 산책은 내가 시킬게!
- 비반려인의 로망

고구마 누나는 '애견인'이지만,
평생 반려견을 키워본 적이 없는 '비반려인'이다.

귀여운 강아지를 데리고 산책하는 로망을
늘 마음속에 품고 지내왔다.
꿈이 현실로 다가오던 그날,

하네스 ok!

물티슈, 비닐봉지 ok!
보리의 흔적은
내가 책임진다!

가자, 보리야!
잘 갔다 와여 ㅎㅎ
(구 코코 반려인)
생애 첫
강아지와의 산책
조심히
다녀와~
(보리 반려인)

녀석..
쿵쿵
아직은 여유만만
뭐···뭐···
왜 쳐다보지?
뚫어져라
...?
아···, 아···
똥 정도는 치워줘야
반려인이라 할 수 있지.
따뜻..

제지 하고

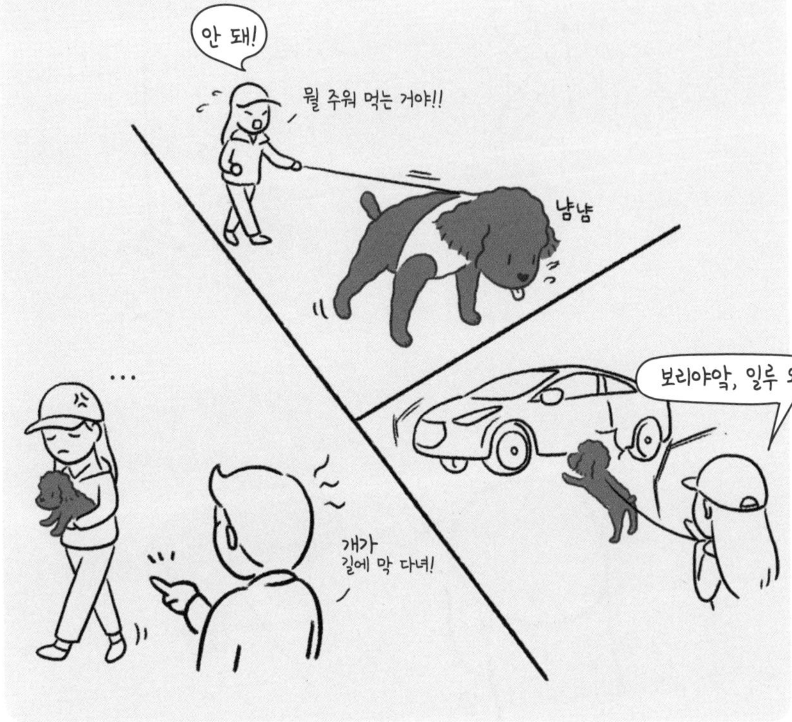
안 돼!
뭘 주워 먹는 거야!!
냠냠
보리야앜, 일루 와
…
개가
길에 막 다녀!

눈치 보고

나눠 싸는구나.
신기하네
이제 들어가야 돼!

치우고의 반복….

휴… 다… 다녀왔습니다….

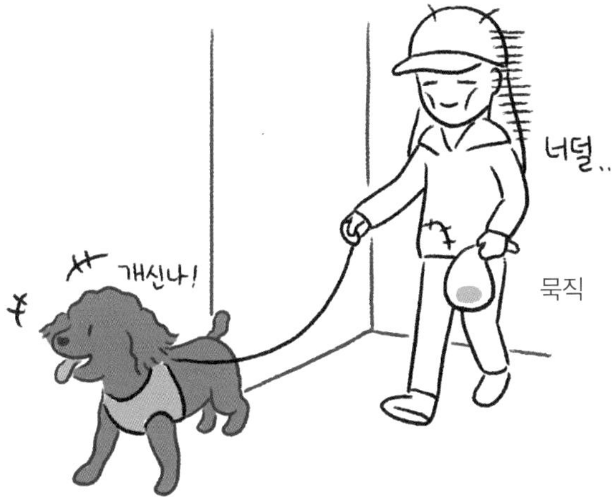
개신나!
너덜..
묵직

보리 인턴의 호불호

모처럼 조용한 사무실

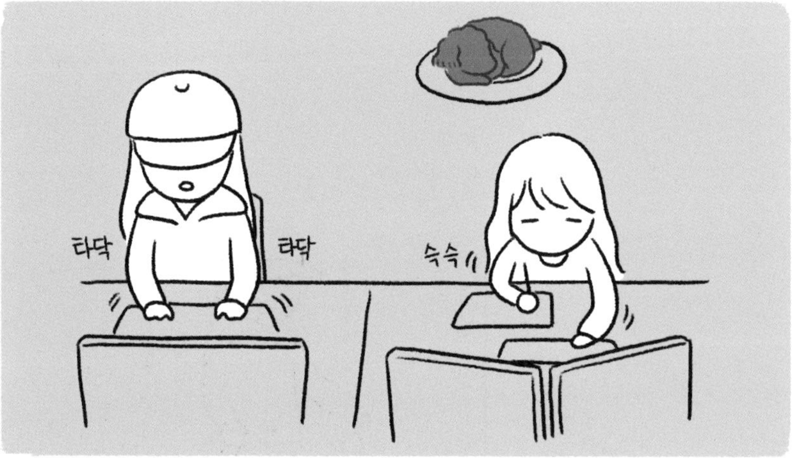
타닥
타닥
슥슥

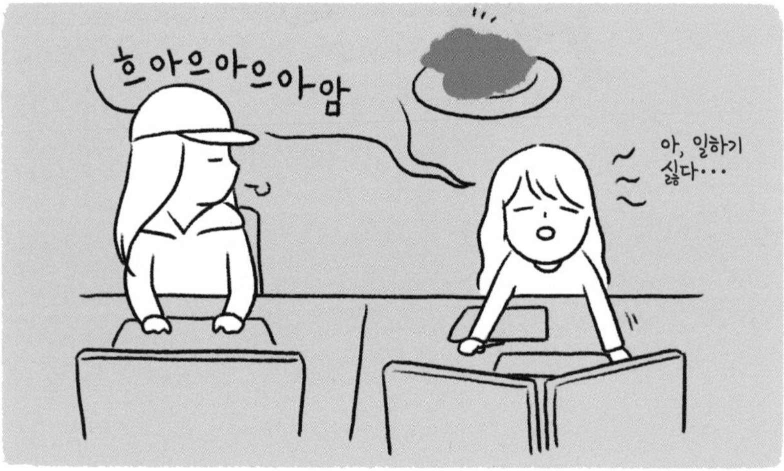
흐아으아으아암
아, 일하기 싫다…

(AKA. 농땡이)
힐링하러
가야지…
ㅉㅉ
보리야~

헤헹
보리야아~~
누나 일하기 싫어
놀아줘~
우쭈쭈

스윽
스 스 스 스 스
?!

뻘쭘
유유히…

주륵

우.식.소
우리 식구들을 소개합니다

우리 회사에는 세 명의 누나들이 있다.

끼익

내가 회사에서 가장 좋아하는 **대표 누나**

보리야아~~

좀 귀찮은 **작은 누나**

(멀찍)
귀찮..

작은 누나가 근무 중 가장 행복한 순간: 버블티 먹으며 보리 귀찮게 할 때

보뤼
바스락

바스락
바스락
바스락
파바밧
..?

훗~
..!

내 고구마 담당인 **고구마 누나**

먹을 것이
진리인 것을…
ㅂㄷㅂㄷ
분하다
냠

비겁함
그럼 님도 주던가
난 순수하게 친밀도를 쌓겠어!
뉘예, 뉘예
배부름
행복♡

아무튼 회사는 좋은 곳 같다.

쭈글
Zz
(심심)
(끼고 싶음)
타닥

보리 인턴과 인사해요!

보리는 우리 회사의 비주얼 담당이다.

그래서인지 지나가다 보면 관심을 많이 받는다.

옛날에는 잘 모르는 사람들이
보리를 만나면 갑자기 만지거나 하는 일이
잦았는데,

가…감사…
(당황)
뭐지, 싸우자는 건가?
(쓰담)

다행히 요즘엔 그런 일이 많이 줄었다.

꺄~
달려달려~
귀여워…

다들 조심스레
인사를 시도해주고

스윽
안녕~

거기에
보리도
응해준달까?

심쿵
새로운 냄새!
킁킁
귀여워~~
꺄르륵
나도
한번…
(기대)
(두근)
?
엇
휙

어쩐지 남자는 별로 안 좋아하는 것 같지만…ㅎㅎ

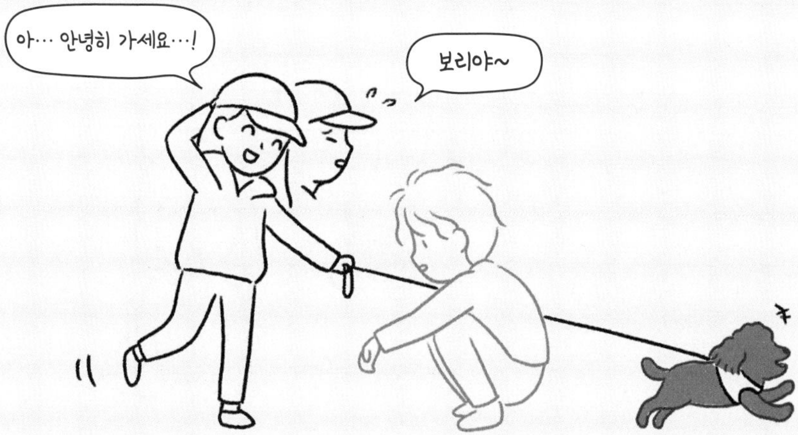
아… 안녕히 가세요…!
보리야~

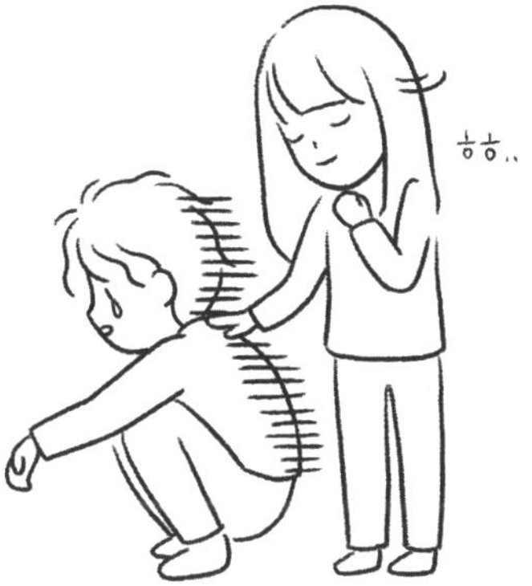
ㅎㅎ..

뜻밖의 인성

- 인생샷 찍기는 어려워

뒹굴

일하다가 문득 돌아보면,

여긴
가려줘야지^^
뀨?

보리가 무척 귀여운 자세로
있을 때가 있다.

이건 꼭 찍어야 해!
(입틀막..)

옳지, 제발 잠깐만 가만히 있어줘…
허둥
지둥
얌전-

인생샷 건지기
약 1초 전
슥

삐싱-
아닛…!
..!

보리야아~
보리야아~
〈시선 끌기 전략〉
딱 딱
…
?

벌떡
응?
슥-

아, 아잇!
흐릿-

인성 뭔데….

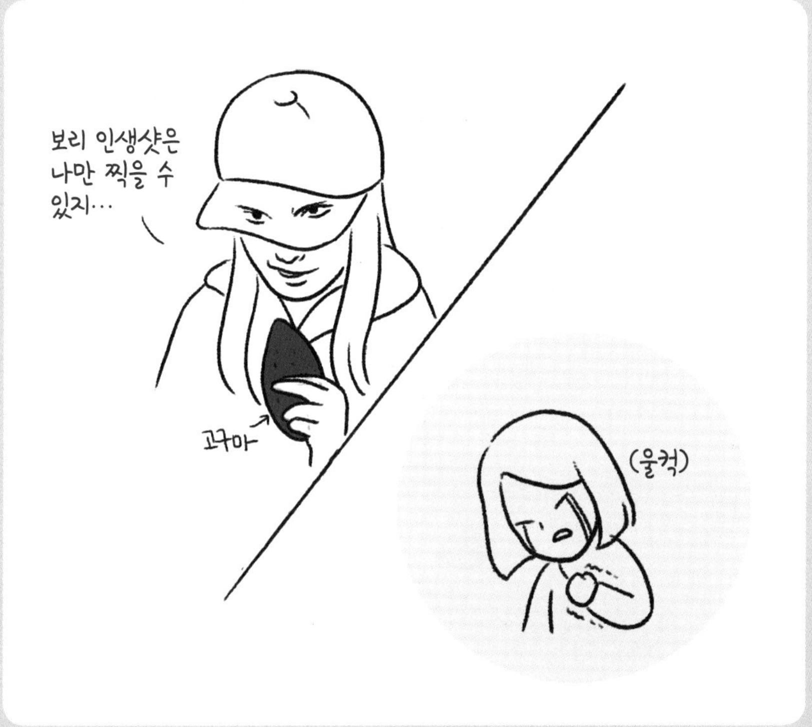

보리 인생샷은
나만 찍을 수
있지…
고구마
(울컥)

인형 친구를 만났어요

보리가 오늘따라 왜 이렇게 기운이 없지?

힝구
축 처짐

좋은 아침~
안녕하세요~

다이슈 5,000원
꿀
짜잔-
제가 보리 친구를
데려왔습니다-!
오! 보리가 인형 좋아하는 건
어떻게 알고!

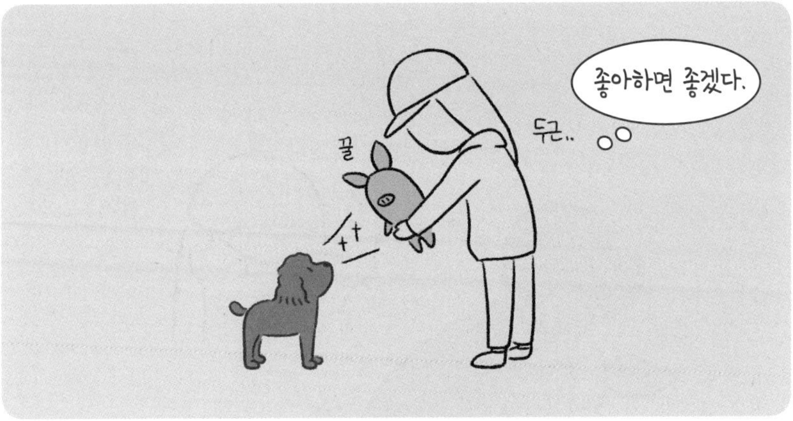
꿀
두근..
좋아하면 좋겠다.

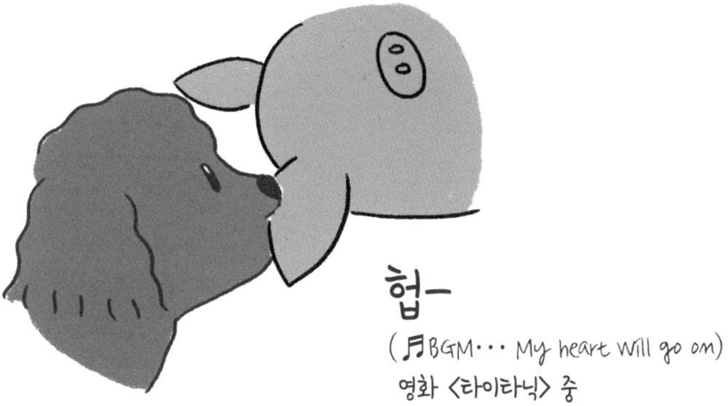
헙—
(♬BGM··· My heart will go on)
영화 〈타이타닉〉 중

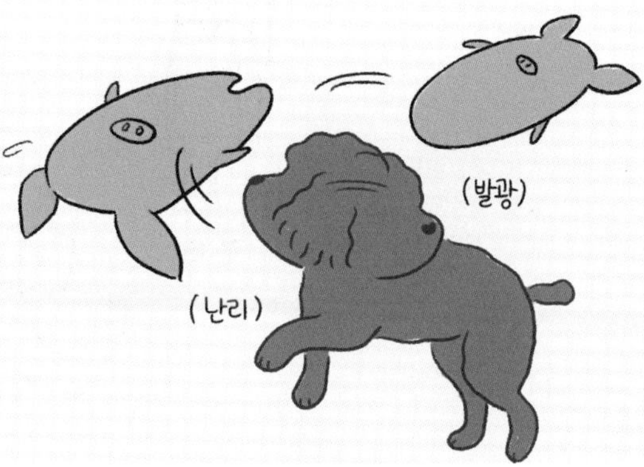
(난리)
(발광)

헉!
(충격)
들썩
들썩

인형을
좋아한다는 게…?
녀석…
성견이 다 됐구나…
아… 아니
쟤 저러는 거 처음 봐요!

(복잡 미묘)
(살짝 뭉클)
보리야…
다 컸네…

개들의 마운팅•은 자연스러운 현상입니다.

• 마운팅은 동물이 무언가를 붙잡고 교미하는 듯한 자세를 하는 것으로, 흥분과 반가움의 표시이거나 스트레스 해소를 위한 것으로 알려져 있다.

꺼려지는 이유

내가 디자이너 누나를 좋아하지 않는 건
공공연한 사실이다. 그 이유는,

1. 딱히 내 견생에 도움이 안 됨

2. 귀찮음

부빗
휴…
부비
부비
(세상 행복)
1분
뚫어져라
눈 반짝
신기
슥
안고 일하는 중
5분
슬슬 지겨워짐
10분
후-
으, 입김 싫어

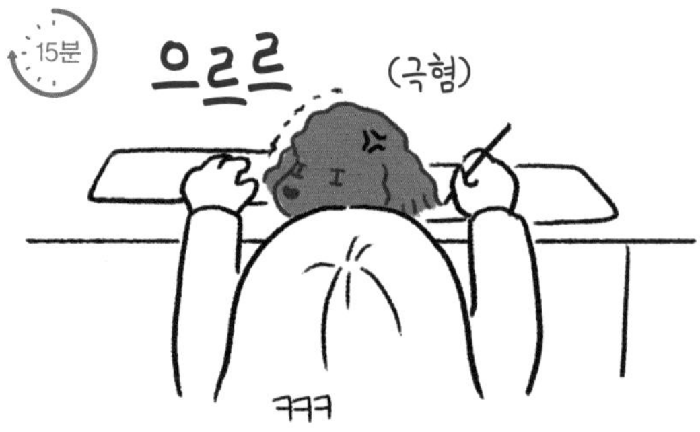
15분
으르르
(극혐)
ㅋㅋㅋ

그 후로도…

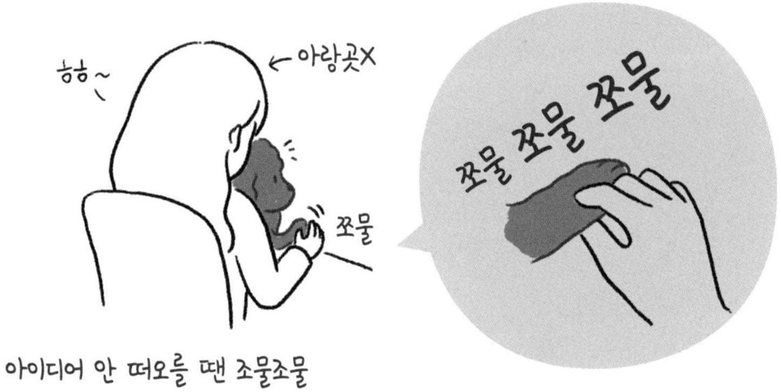
흐흥~
← 아랑곳X
쪼물
쪼물 쪼물 쪼물 쪼물
아이디어 안 떠오를 땐 조물조물

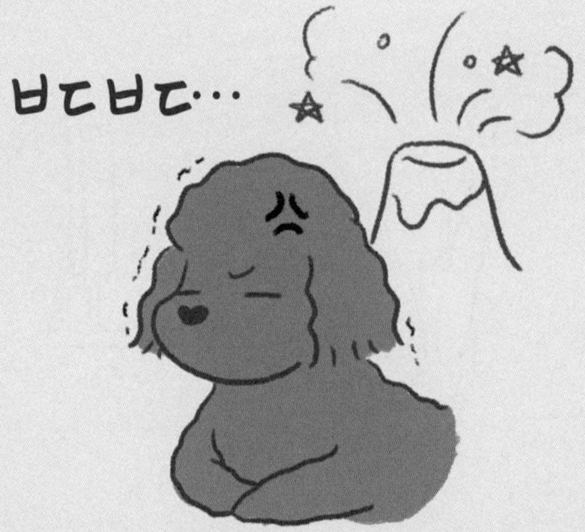
ㅂㄷㅂㄷ…

멍멍 펀치!!!

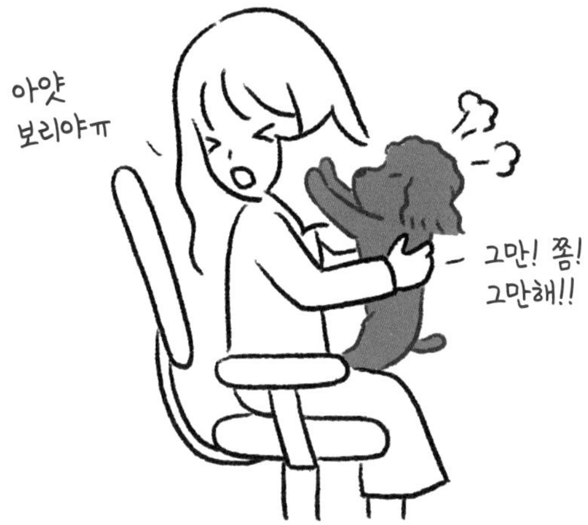
아야
보리야ㅠ
그만! 쫌!
그만해!!

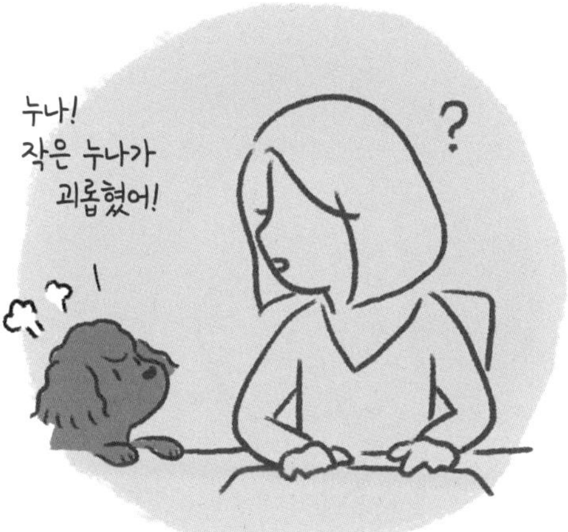
누나!
작은 누나가
괴롭혔어!
?

긴축 모드

- 점심 시간 -

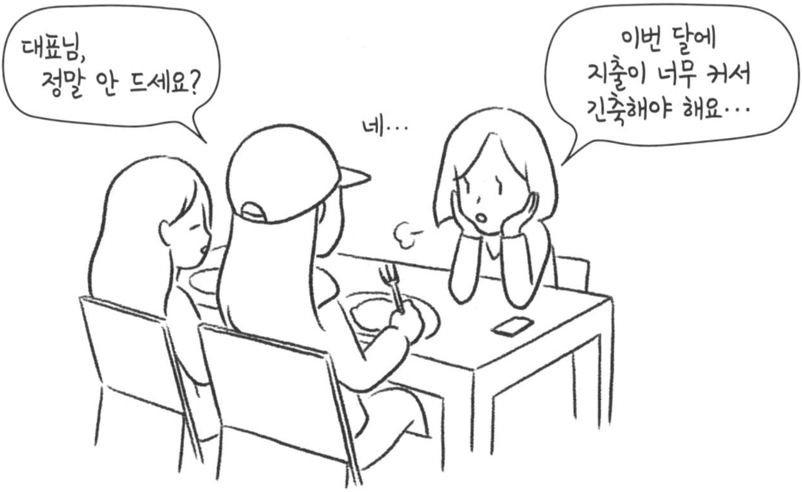

대표님,
정말 안 드세요?
네…
이번 달에
지출이 너무 커서
긴축해야 해요…

아닛?!

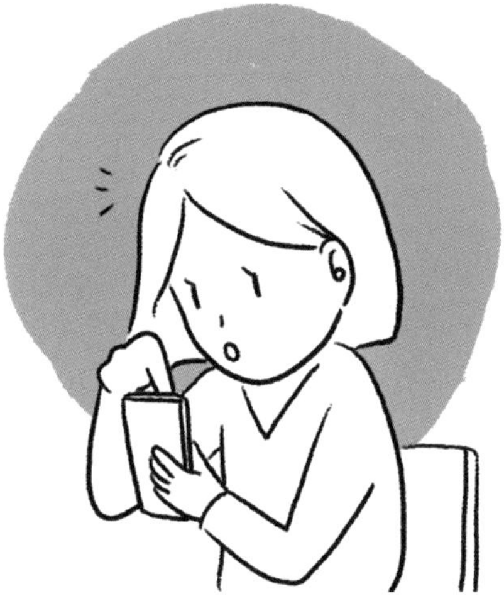

이거 봐요
너무 귀엽죠!!
보리
사줘야겠다!
대표님
돈 없다고 하지
않으셨···?
?

무슨 소리
하시는 거예요!
아···넴···ㅋㅋ

제가 쓸 돈은 없어도
보리한테 쓸 돈은 있다구요!

그런 날이 있다

운전을
거 진짜…

어쩐지 일이 잘 안 풀리고
하루이틀만
시간을 더 주시면…
아, 그건…
아, 색이 잘 안 나왔어요
네,네,네 그건 저희가
하도록 할게요

별거 아닌 일에도 짜증이 나는
그러니까,
제가 -
일정이 2주 정도
미뤄질 것
같은데…
그렇게 일정이 지연되면
저희가 곤란해요

세상에 내 편 하나 없다는 생각이 들 때

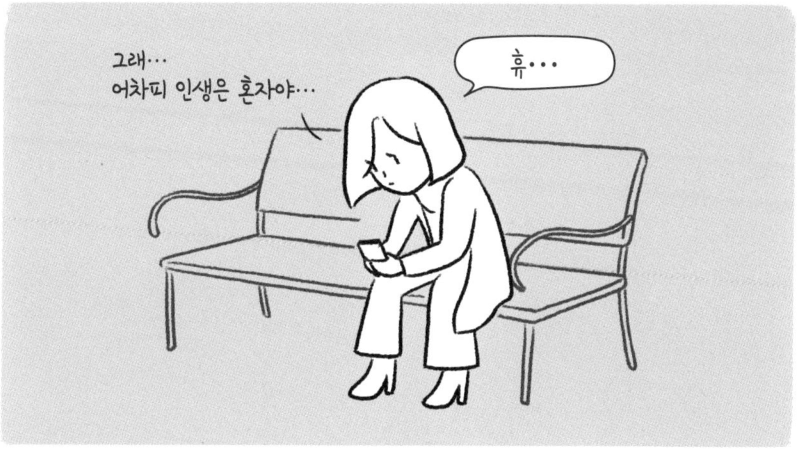
그래…
어차피 인생은 혼자야…
휴…

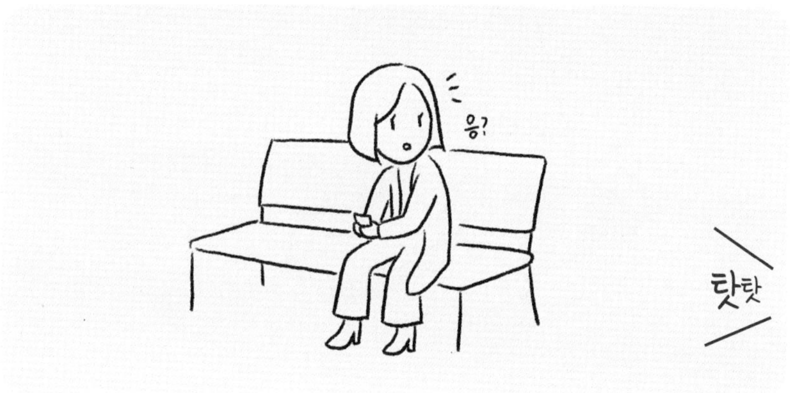
응?
탓탓

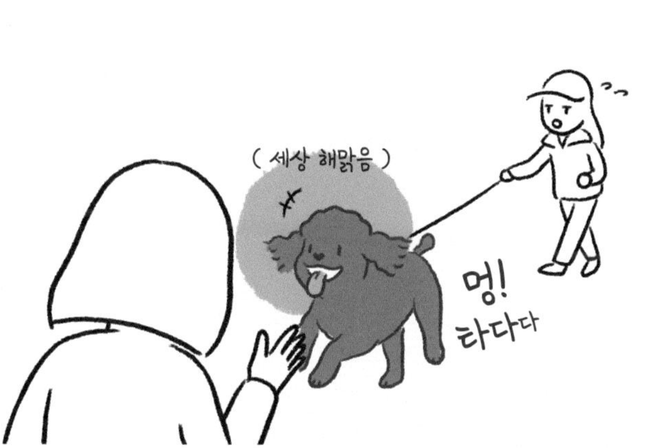
(세상 해맑음)
멍!
타다다

아, 네가 있었지.

무조건적인 내 편,

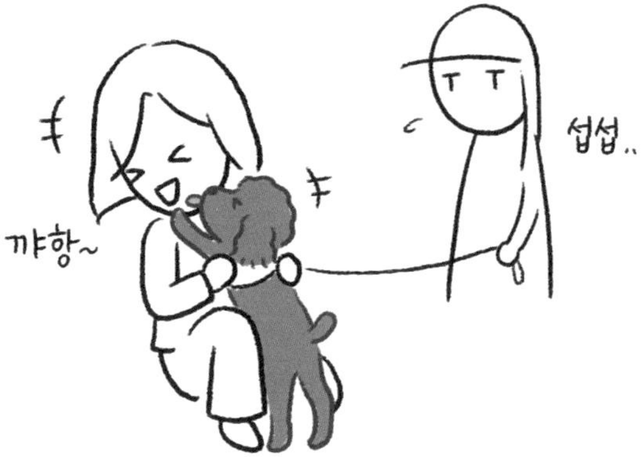
꺄항~
섭섭..

무슨 일이 있어도
내 편이 되어줄 수 있는
누군가 있다는 건
정말 행복한 일.

한결같이 내 옆에서

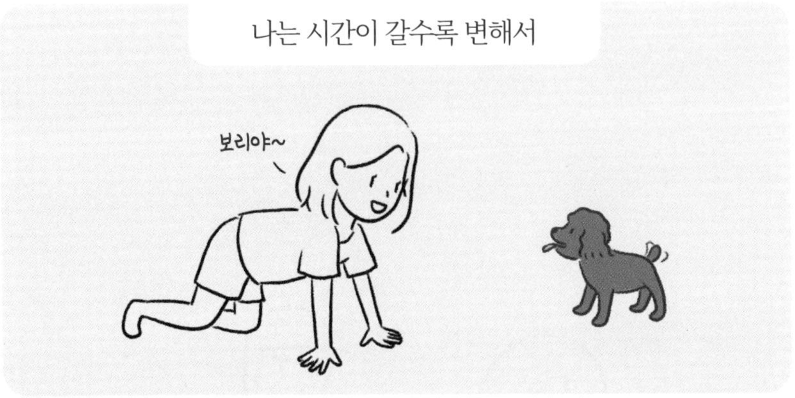
나는 시간이 갈수록 변해서
보리야~

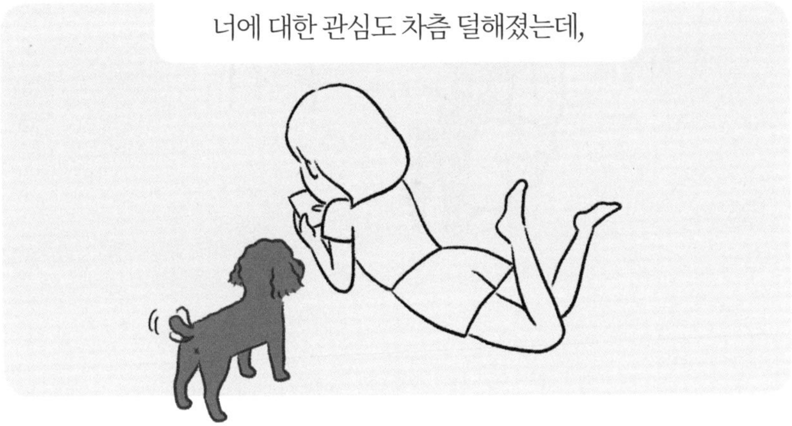
너에 대한 관심도 차츰 덜해졌는데,

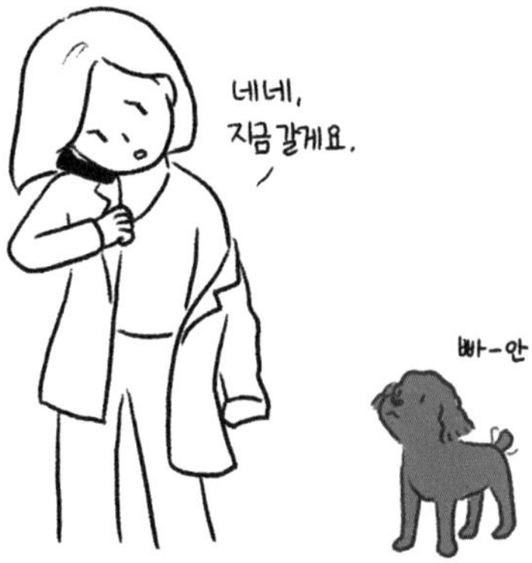
네네,
지금 갈게요.
빠-안

넌 항상 그대로였어.

한결같이 내 옆에서.

아무것도 하기 싫은 날

할 일이 너무 많다.

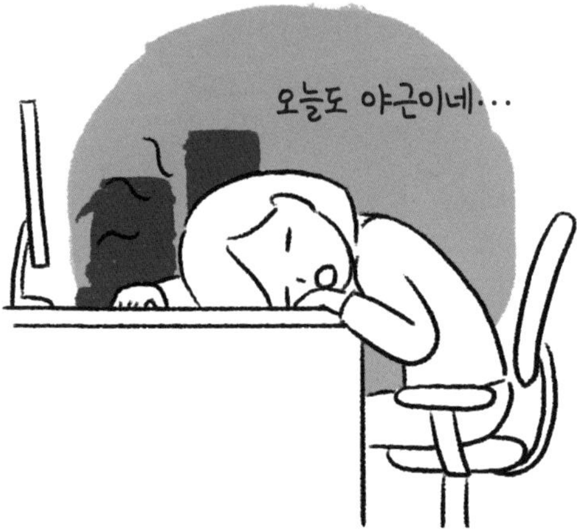
오늘도 야근이네…

아무것도 하기 싫…

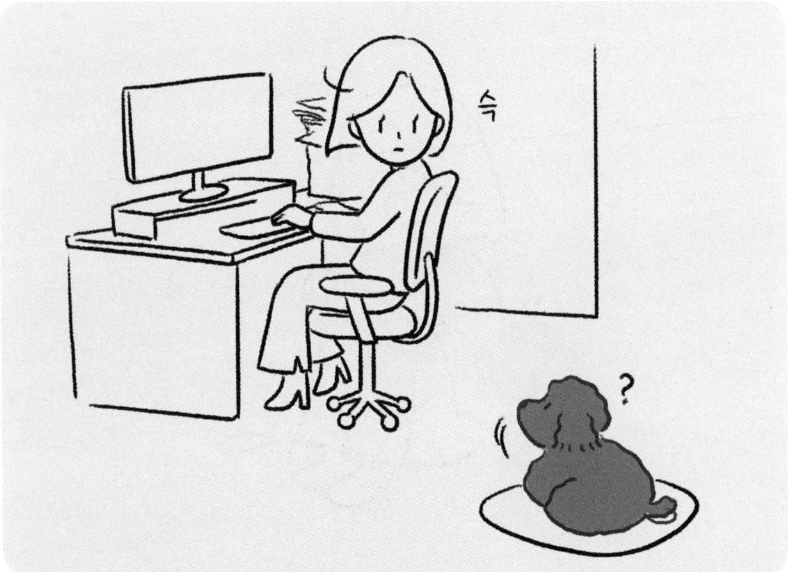
슥
?

이거 참 양쪽 어깨가 무겁군…ㅎㅎ

너희는 내가 먹여 살린다…!

힘내자!!

보리 인턴의 일과

am7 기상
am10 산책/출근
애교 부리고 간식 먹기
으르르…
장난감과의 사투
pm3 응아하러 나가기
zZ
pm6 밥 달라고 시위하기
지쳐서 잠듦
pm8 퇴근/산책
pm11 꿈나라

미팅 시

코워킹 스페이스에서는 미팅룸을 예약하여
미팅을 합니다.
개를 좋아하는 분과 만날 때는
보리도 안겨서 함께 미팅에 참여하기도 합니다.

회식 시

반려견을 동반할 수 있는 음식점은
많지 않기 때문에,
보통은 테라스나 한강 등의 야외에서
회식을 해요.

우리 아이의 성격 유형은?

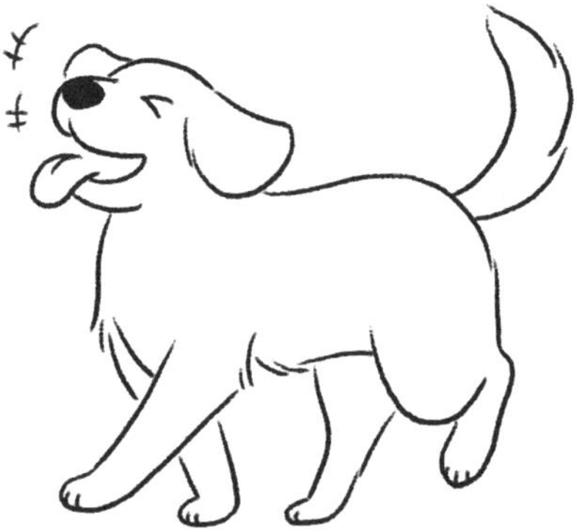

사랑둥이형

전 세상의 모든 것들이
재밌고 좋아요!

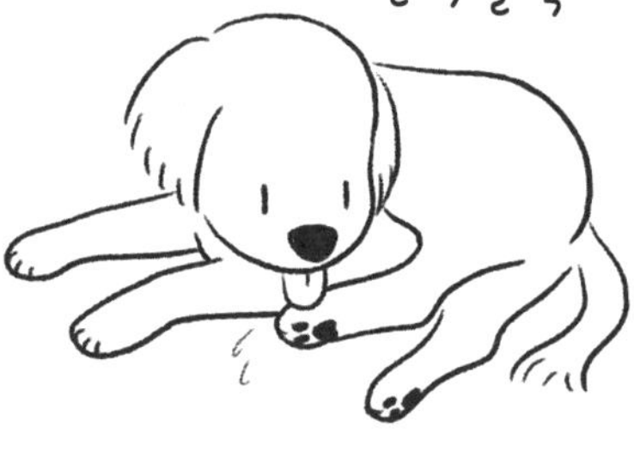

할짝할짝

순둥형

세상 얌전…

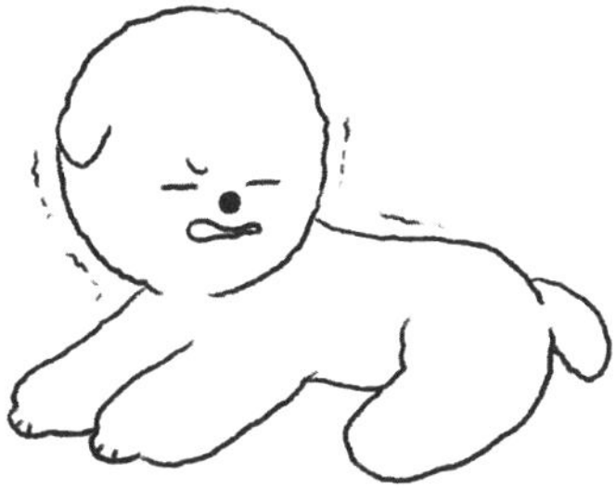

까칠형

근들즈 믈르그…

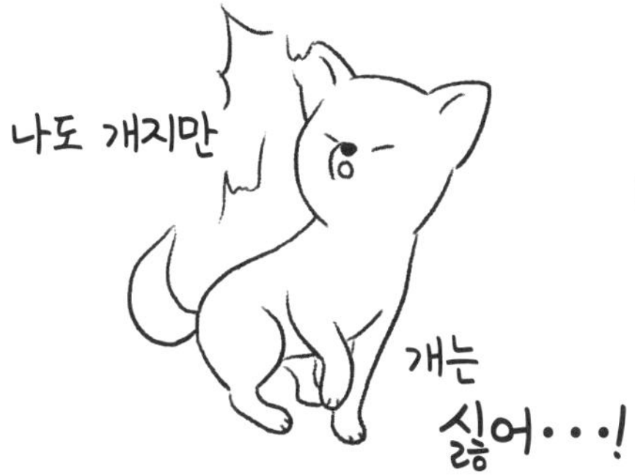

나도 개지만
개는
싫어…!

차별형

사람만 좋아요!
개들은 저리 가!

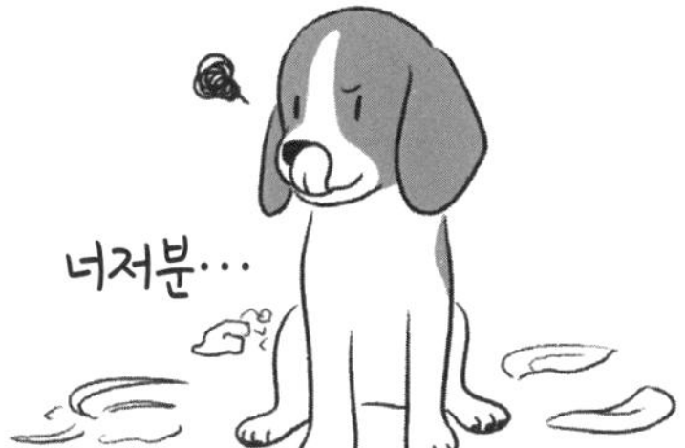

너저분…

사고뭉치형

사고 치고 모른 척…

CHAPTER 2

우리만의 연결고리

털생털사

상쾌한 아침~

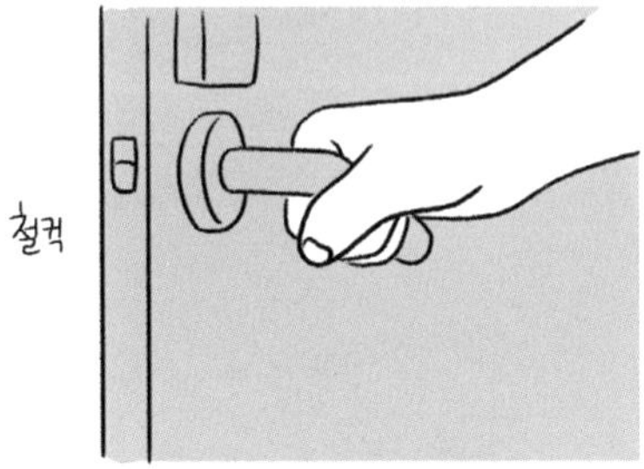
철컥

안녕하세요!

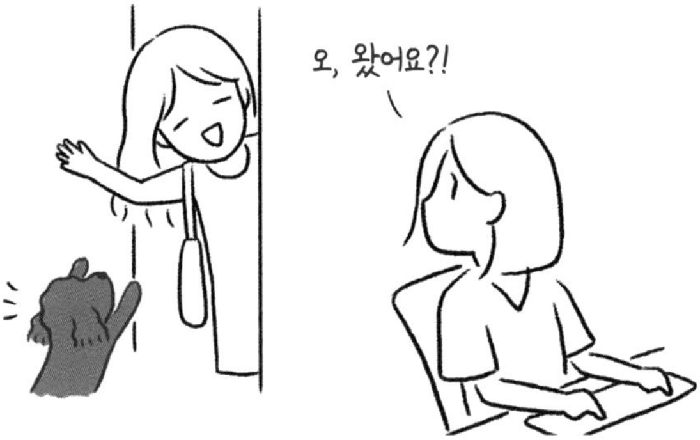
오, 왔어요?!

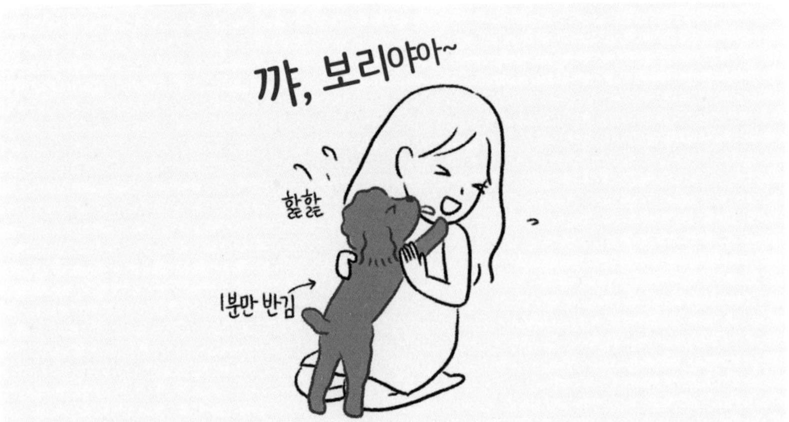
꺄, 보리야아~
핥핥
1분만 반김

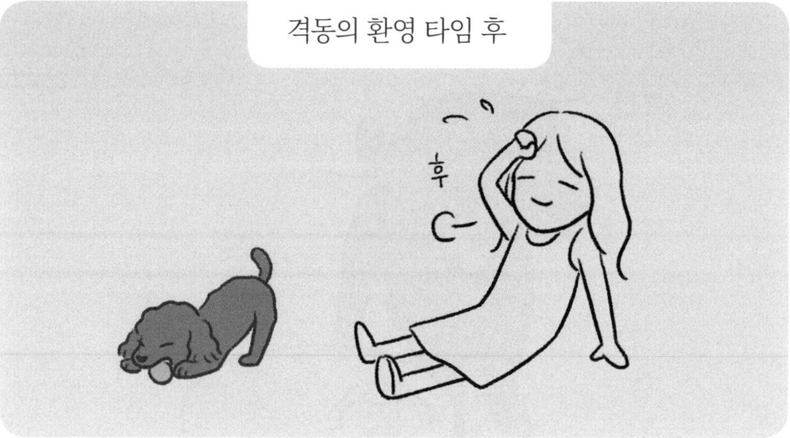
격동의 환영 타임 후
후

잉? 보리가 뭔가 달라진 것 같은데…

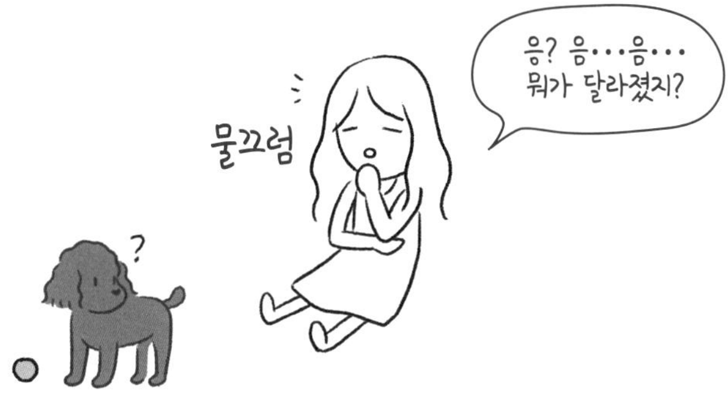
물끄럼
응? 음…음…
뭐가 달라졌지?
?

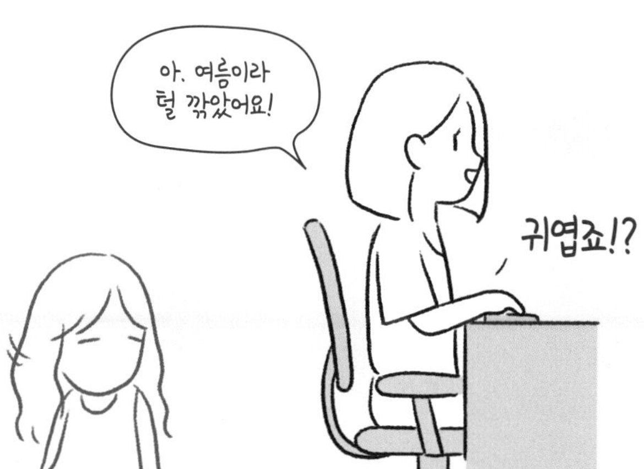
아. 여름이라
털 깎았어요!
귀엽죠!?

(너저분…)
평평한
정수리
(갑자기)
짧아진 귀
등성등성
'갓파쿠'…?

…누가 깎았죠…?
(외면)
헷
제가여!

보리한테
사과하세요…
쳇

저 왔어요···?!
(흠칫)
보리니?

• **갓파쿠** 2007년 개봉한 일본 애니메이션 〈갓파쿠와 여름방학을〉의 주인공. 갓파는 일본 민담에 나오는 전설의 동물이자 요괴.

어쩐지 더 꺼려지는

펀딩 오픈 하루 전
넵!
내일이 오픈이니까 오늘까지만 좀 더 고생합시다ㅠㅠ

오늘 보리가 되게 조용하네요.
zZZ
그러게요?

Zz
잘 자네 ㅎㅎ

깨우고 싶어
귀여워…
그럼 안 돼…
자잖아…
←간식봉투
손이 슬금슬금
부스럭

벌떡

(얼른 일하는 척)
ㅋㅋㅋ
ㅋㅋ
?
긴가
민가

다시 잠듦.

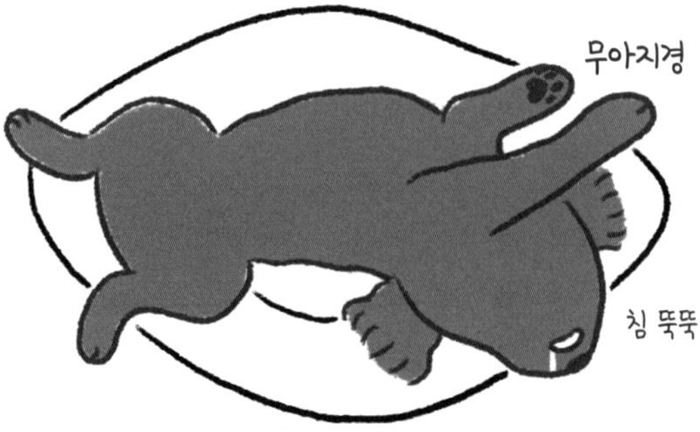
무아지경
침 뚝뚝

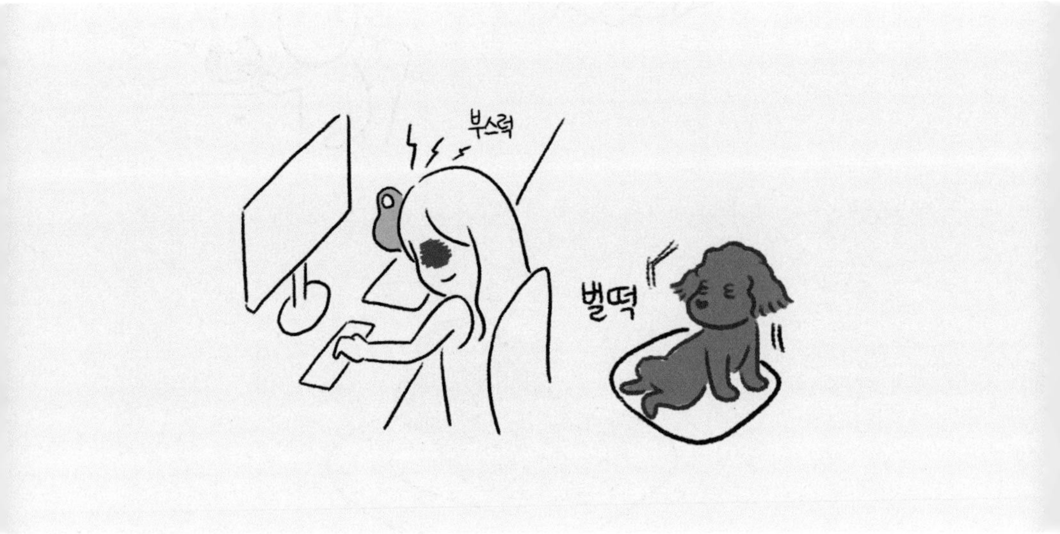
부스럭
벌떡

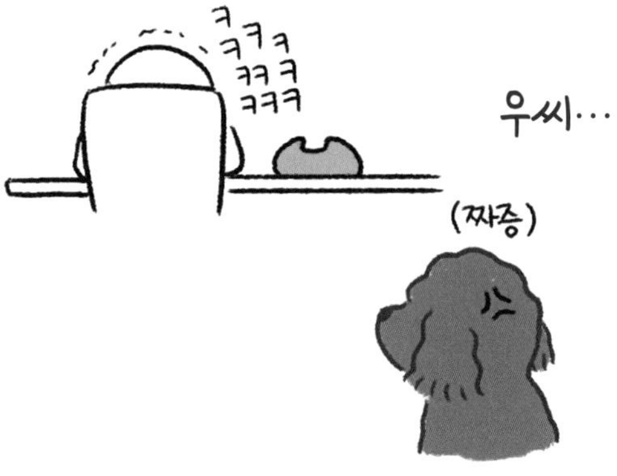
ㅋ
ㅋㅋㅋ
ㅋㅋㅋ
ㅋㅋㅋ
우씨…
(짜증)

굳게 닫힌 마음의 문.

대표와 디자이너

집중하는 디자이너

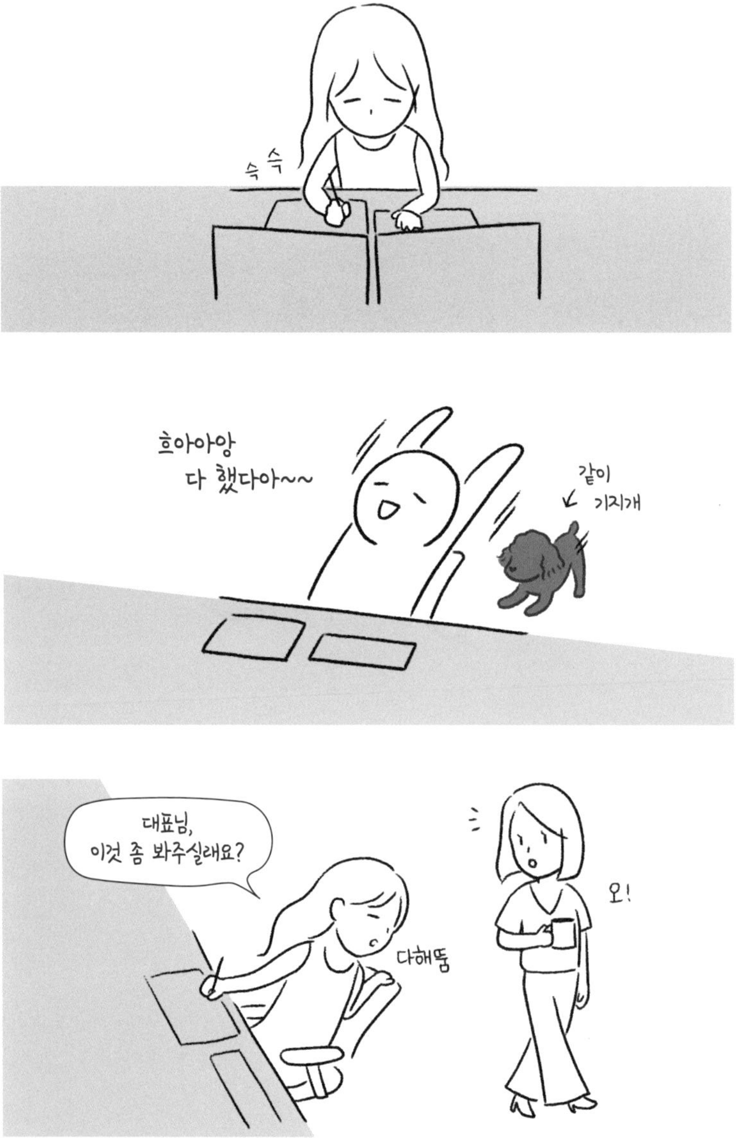
슥 슥
흐아아앙
다 했다아~~
같이
기지개
대표님,
이것 좀 봐주실래요?
다해뜸
오!

오오
좋은데여?

근데 이거 옆으로 한번 옮겨봐주실 수 있나요?
넵
흠…

이걸 좀 키워보면…?

이걸 좀 더 ~~~
넴

잠깐 통화 좀 하고 올게요!
넵

20분
오! 이게 제일 좋은 거 같은데요!?
전화받고 옴
?

이게 젤
처음 꺼임…
사…
(머쓱)

차가운 기류

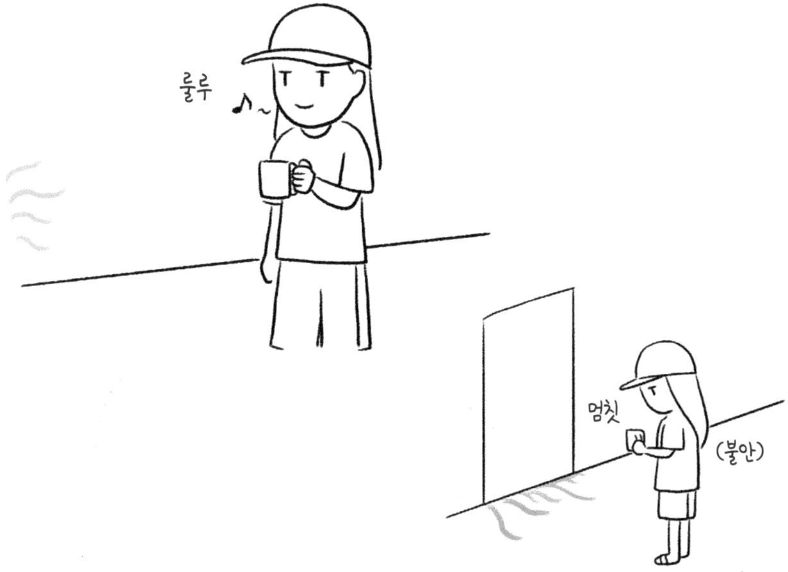
룰루
♪~
멈칫
(불안)

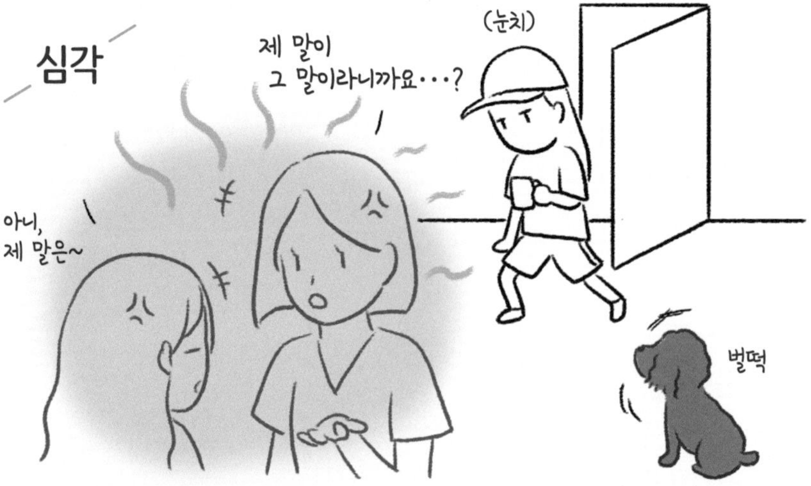
심각
제 말이
그 말이라니까요···?
(눈치)
아니,
제 말은~
벌떡

보고도 못본척
쟤네 좀 어떻게 해봐
계속 심각

무섭단 말야···
쓸모없는 녀석···

그렇다면 내가 나서야겠군!

아까 얘기한~
그러면 ~하니까
보리야 왜애~~

그만해~~
그래야~
부빗
아, 그만하라고오!!!
캉! 캉!
보리야,
조용!!
카앙..

- 화기애애 -

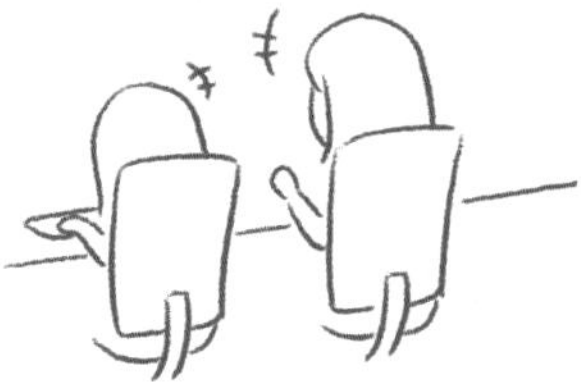

자기들끼리 알아서 잘 풀림

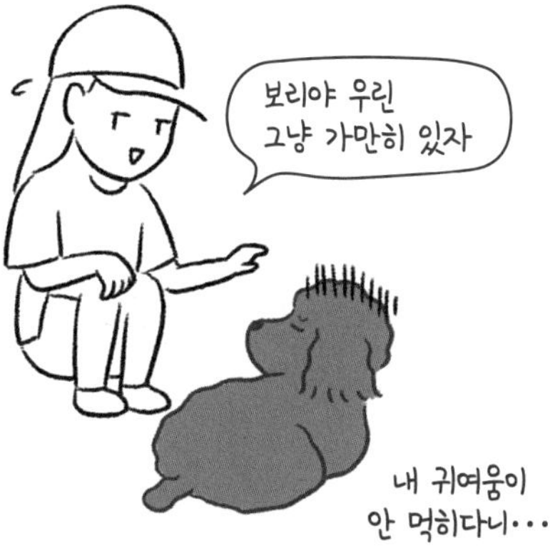
보리야 우린
그냥 가만히 있자
내 귀여움이
안 먹히다니…

보리의 이름은 몇 개?

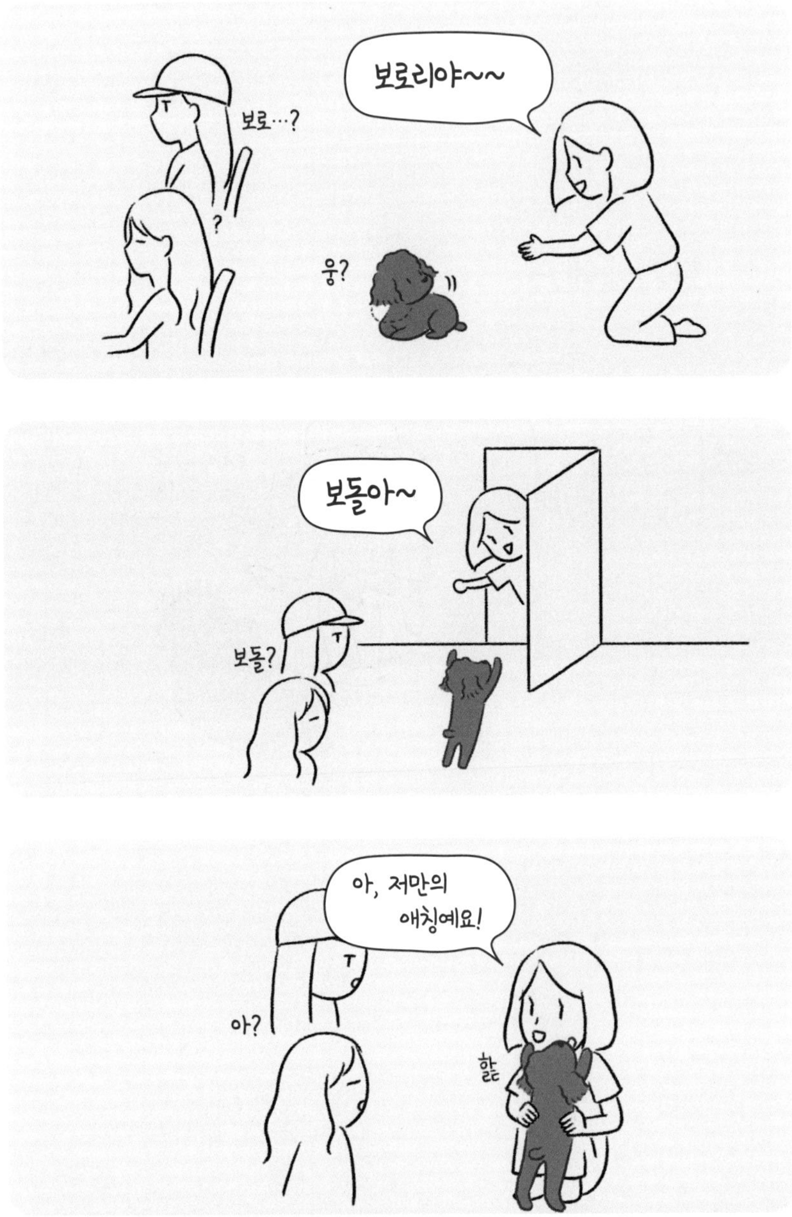
보로리야~~
보로…?
?
웅?
보돌아~
보돌?
아, 저만의 애칭예요!
아?
핥

보순아~
?
특별출연 : 대표님 어머니
으이구, 보선생
언제 이렇게 늙었어!
< 눈썹 털이 길어
다소 나이들어 보이던 때 >
보선생…
ㅋㅋㅋ
울 엄니도
그러세요 ㅋㅋ
귀여워…

보리는 천재견이라 '보'자만 들어도
다 알거든…
호오..
으쓱
으쓱

마루야~~
…요…

총총
나 불렀져??

마루왔쩌~
바보개..
왔으니까
간식줘
ㅋㅋㅋ
ㅋㅋㅋ

관심이 필요한 시기

열일 중

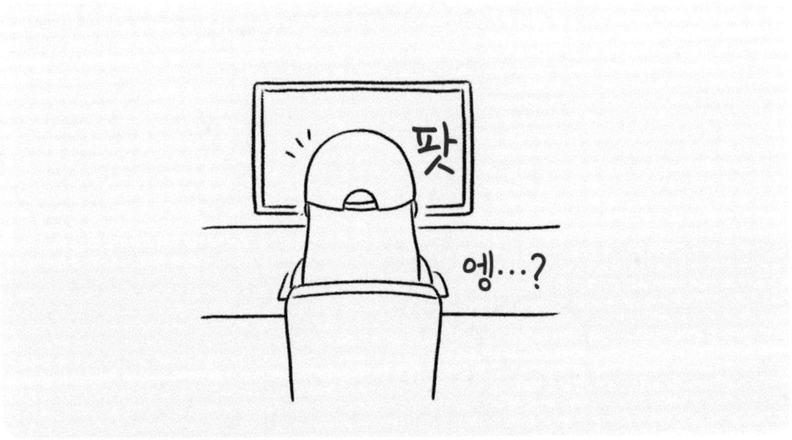
팟
엥…?

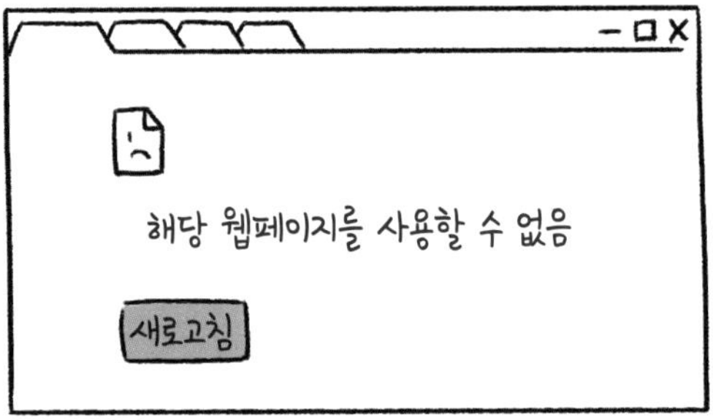
해당 웹페이지를 사용할 수 없음
새로고침

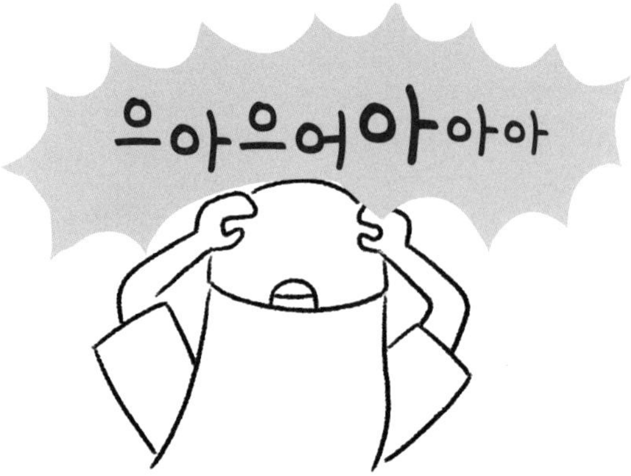
으아으어아아아

갑자기 왜 이래···

보리야!
깜짝
인터넷선

ㄷㄷ
AC···

한편 디자이너는…

쓰레기통
부시럭
보리야아~~
안 돼~

어허!
보리, 하지 마!
부시럭
보리, 너!
뽀시락
보리야…
우당탕

보리!!
고구마 껍질
(당황)

혼난 후 시무룩.

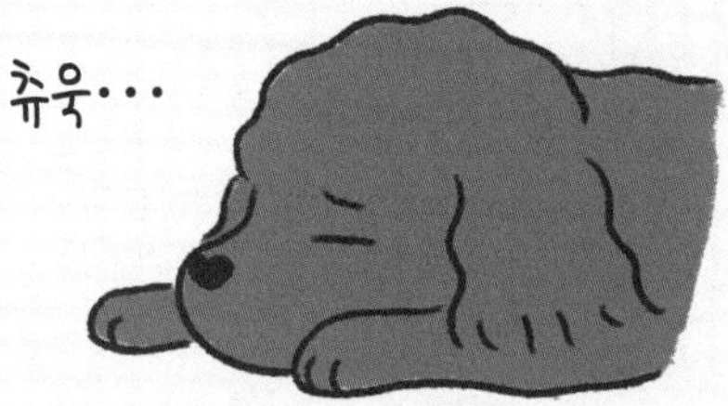
츄욱…

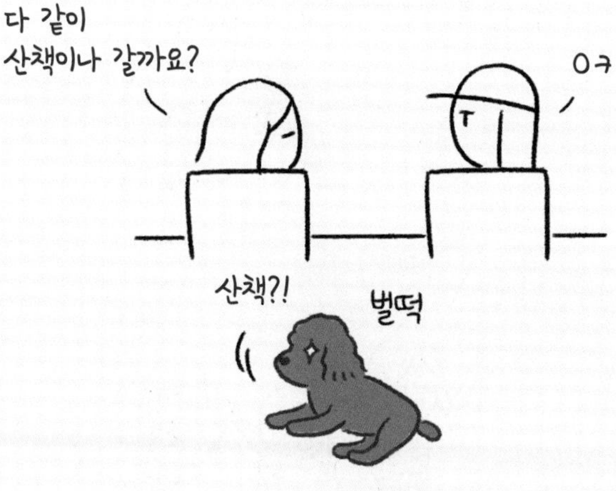
다 같이
산책이나 갈까요?
ㅇㅋ
산책?!
벌떡

단골 가게

맴-
매앰
끼적
으아아-
처진다~~~

오랜만에 다 같이 점심 고?
ㄱㄱ
끄덕
?
하네스
장착중

가보십시다!
햇빛!!
끼에엑
눈부셔~~
킁킁

보리가 출입이 가능한 식당에서 점심 식사.

잘 먹겠습니다!
밥이닷
간식
쩝쩝
맛도 굿!
비주얼도 굿!

그리고 이어지는 산책.

간식 사 갈까요??
으르르
넌 뭐냐…?

보리를 알고 계시는 편의점 사장님,

보리 털 누가 깎았어? ㅋㅋ 머리가 납작하네 ㅋㅋ
하핫, 비밀이에요
보리 왔어~

그리고 늘 보리에게 인사해주시는 경비 아저씨.

보리 털 깎았구나 ㅎㅎ
안녕하세요~
보리 안녕~
뜨끔—

오늘도 한껏 보리보리했던 하루.

맛있당~
하···다이어트는 내일부터
가끔 이렇게 보리랑 같이 먹는 것도 좋네요.
마운팅 마운팅
산책의 여운

산책하고 나면 신이 나고 흥분해서

마운팅을 더···ㅎㅎ

Ctrl + S를 생활화합시다

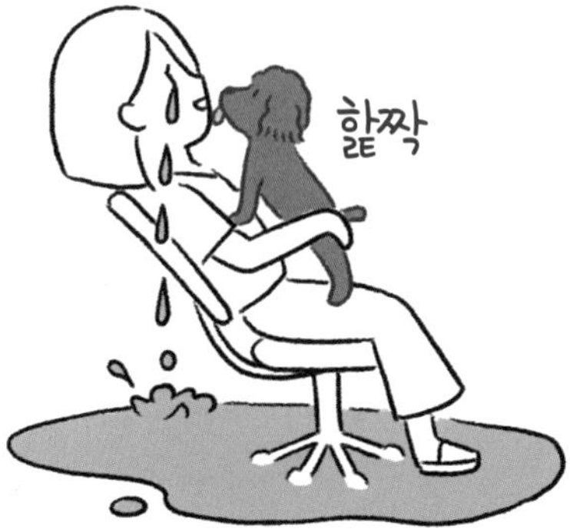

할짝

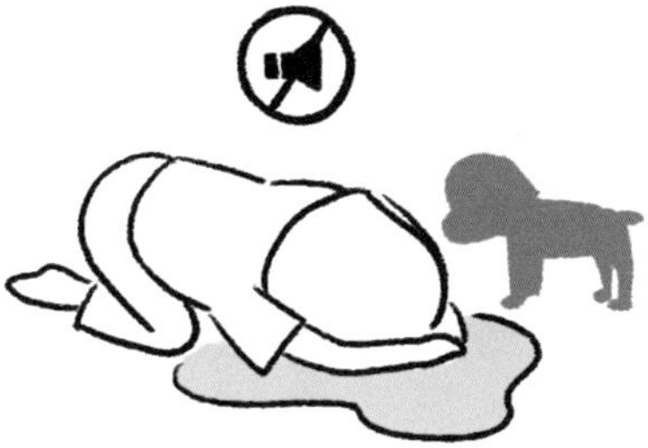

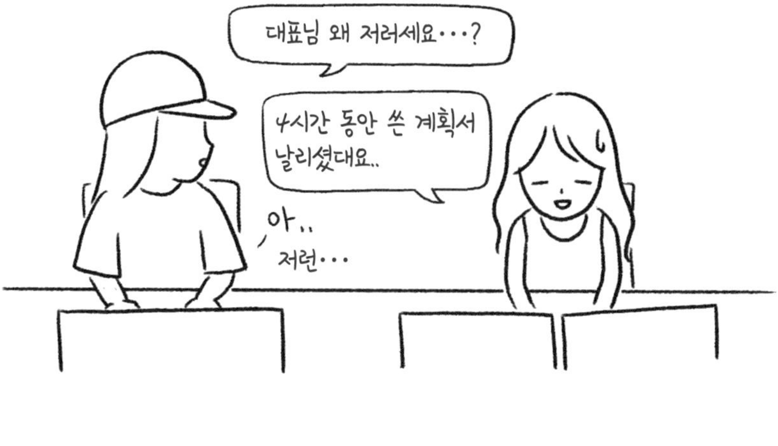

대표님 왜 저러세요···?
4시간 동안 쓴 계획서 날리셨대요..
아.. 저런···

Ctrl+S를 생활화합시다.
타닥탁
슥슥

Ctrl+S를 생활화합시다.
...!
멈칫

아아
아 아아
아앙

예기치
못하게…
저장…
안 했어요…
저런..

Ctrl+S
꾸욱-
파스스스-

보리야…
누난 글렀어…

보리 인턴의 관찰 일지 1

작업물이 날아갔을 때 증상에 대한 보고

누구나 한 번쯤은 겪어봤을 '작업물이 날아갔을 때',
사무실 사람들은 어떤 증상을 보이는지 관찰해보았습니다.
여러분은 어떤 유형에 가까운가요?

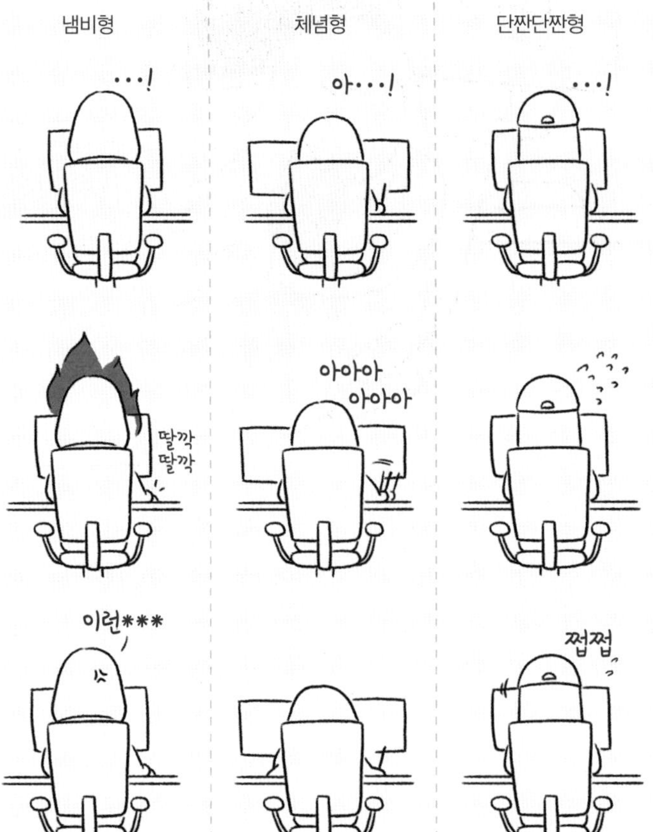

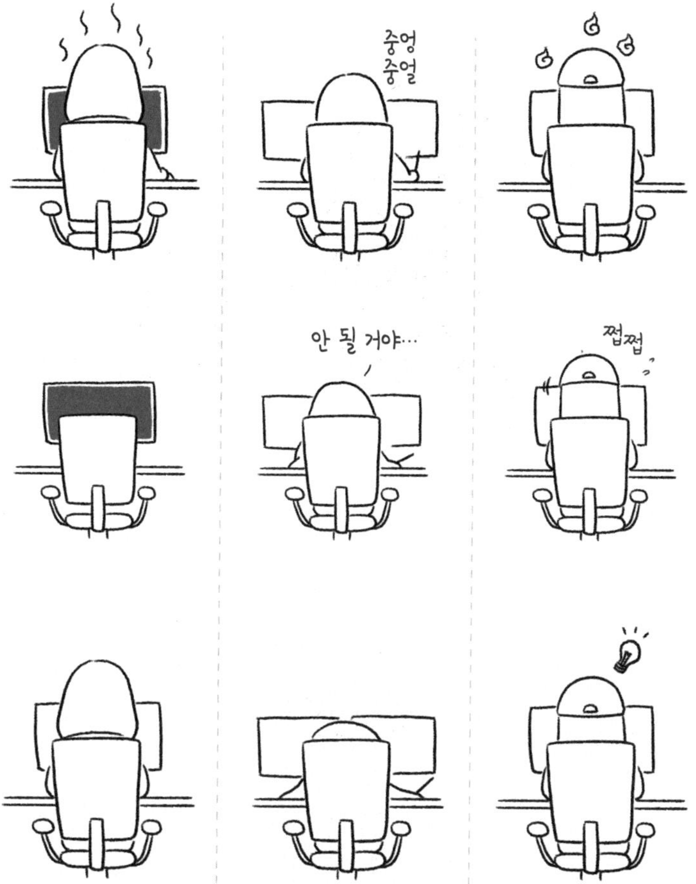
중얼
중얼
안 될 거야…
쩝쩝

일의 효율성을 위해 주기적인 저장은 꼭 필요합니다.
우리 모두 Ctrl + S를 생활화합시다. ☺

꼬순내와 꼬랑내 사이

늘 그랬듯 치대는 디자이너
보리야아~
응?
킁킁

꼬질
(해맑)
헥
꼬순내~
대표님, 보리···목욕···해야 할 것···같은···?
한 2주···?
아직 얼마 안 됨···ㄱㅊㄱㅊ

3일 후

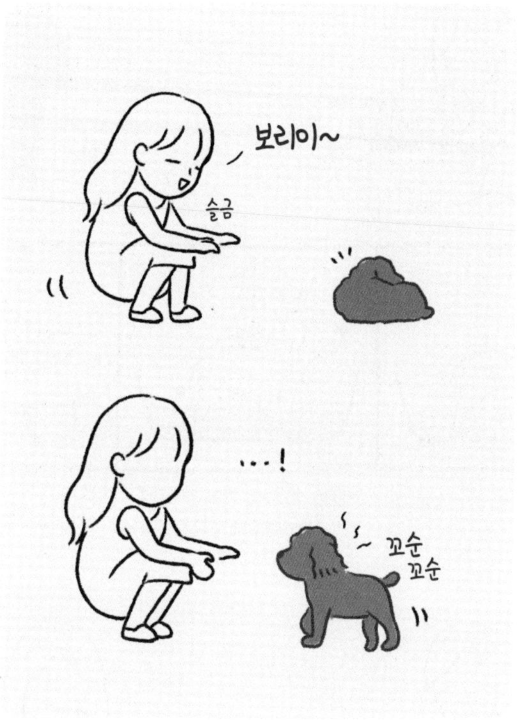
보리이~
슬금
…!
꼬순
꼬순

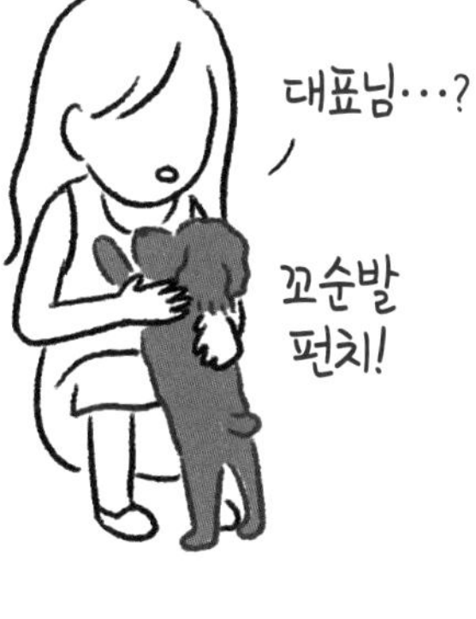
대표님…?
꼬순발
펀치!

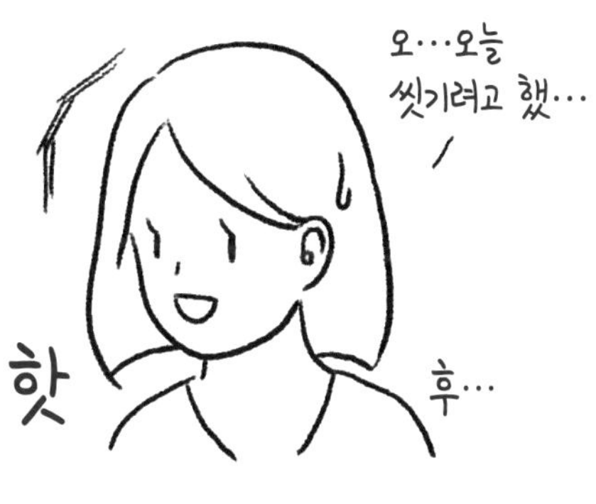
오…오늘
씻기려고 했…
핫
후…

목욕 ing

목과 가슴 부근에 샤워기를 대 주면 얌전해집니다.

샴푸를 손으로 거품을 내어 머리 아래부터 꼬리 쪽으로 씻어나갑니다.

눈이나 귀, 코에 샴푸가 들어가지 않도록 주의합니다.

눈 주위는 한쪽 손으로 가리고 재빨리 씻어내는 게 좋습니다.

체온 변화로 인해 감기에 걸릴 수 있으니 재빨리 말려주어야 합니다.

빗질은 털의 뿌리부터 조심스럽게 빗어주어야 합니다.

Before → After

라라 도기 랜드
- 반려견과 재즈 파티를

LALA
DOGGY LAND
JAZZ PARTY

'라라 도기 랜드'는 반려견과 함께 불금(불타는 금요일) 재즈를 즐기는 행사예요.

반려인구 1,000만 명 시대에 걸맞은 새로운 시도로 펫 파티 형태의 새로운 문화이며, 반려견의 안전과 위생을 위해 입장시 반려견을 대상으로 간단한 건강체크를 진행하고, 참가하는 반려견에 애견용품과 간식 등 다양한 선물을 증정하기도 했습니다. 총 2회에 걸쳐 진행되었으며, 모두 성황리에 마쳤어요.

오늘은 '라라 도기 랜드'가 열리는 날

(비장)
LALA DOGGY LAND JAZZ PARTY
묵직
준비물
실어, 실어

붙이고
붙이고

어영차,
옮기고
옮기고

반려견과 즐기는 재즈 파티,
라라 도기 랜드에 오신 것을
환영합니다!!
아름다운
밤이예요~!

강아지마다 재즈를 즐기는 유형도 달라요.

경청형
(집중)
그루브.. 그루브!!
느낌 아니까!!
색소폰
OOO

친목형
너 좀
괜찮다~
킁
킁

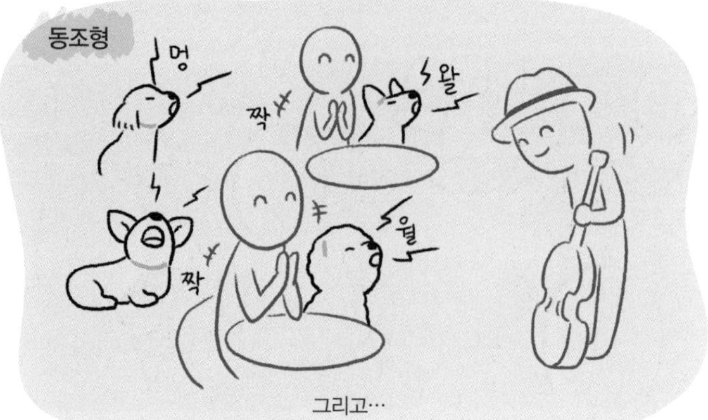
동조형
멍
왈
짝
짝
월
그리고…

먹방형…
라자냐
(눈치)
보리야악!
텁

노즈워크*를 해봅시다

사무실 열일 모드

응?
톡톡

고구마 줘

● 노즈워크란 nose(코)와 work(일하다)의 합성어. 후각이 뛰어난 강아지들에게 코로 냄새를 맡으며 놀게 하는 활동. 두뇌 발달과 집중력 향상에 좋고 무엇보다 강아지의 무료함을 달래주고 스트레스를 줄여주며, 호기심을 충족시키고 에너지를 쓰게 하여 심리에 좋다.

아…!
얼르은~

열심
열심
1시간은 벌 수 있겠지…!
노즈워크용 장난감•
만드는 중

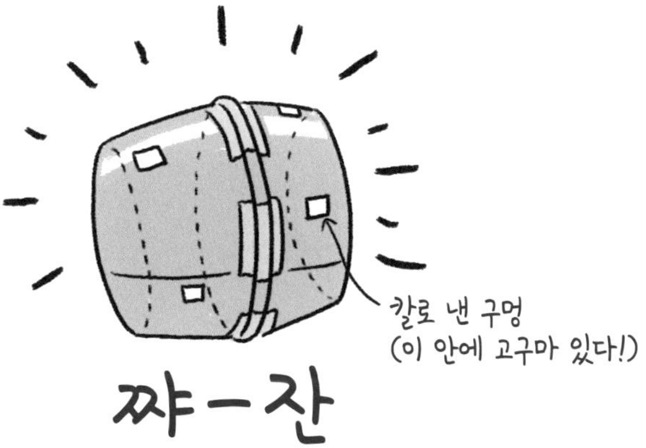
칼로 낸 구멍
(이 안에 고구마 있다!)
짜-잔

• 노즈워크는 종이컵, 박스, 담요 등 우리 주변의 다양한 물건을 활용할 수 있다. 간식을 숨겨놓고 찾을 때까지 기다렸다가, 찾으면 칭찬해주자.

?
잘 놀고 있군 ㅎ
(흐뭇)
10분
톡톡
(불길)
아니, 벌써?
(처참)
너덜~
잘했지?
고구마 더 줘~

다시
주섬…
오··· 오늘
노즈워크용 장난감
가져왔는데···
짱 좋은 노즈워크 장난감

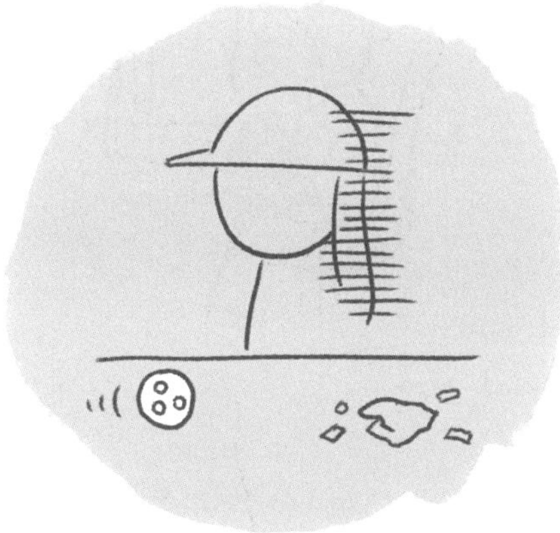

인턴의 횡포

안아줘, 안아줘~!
← 안기는 걸
좋아하는 보리

조금 불편하긴 하지만···
인턴(님)을 위해서라면···
저릿

아~ 누나 팔 아프다 보리야~~
부들
부들
<개 예민>
딸깍

업무 방해로 쫓겨남.

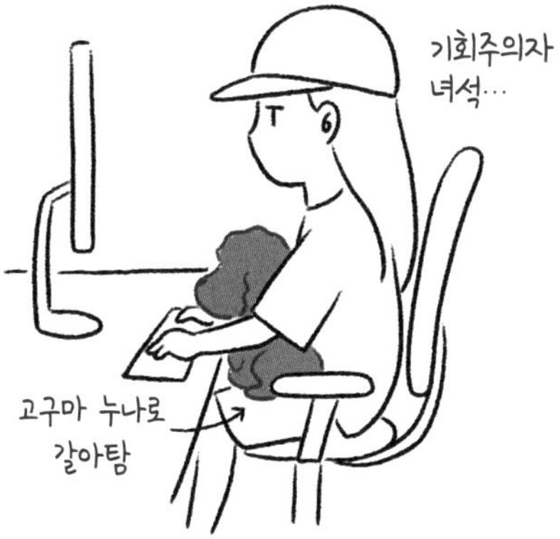
기회주의자
녀석…
고구마 누나로
갈아탐

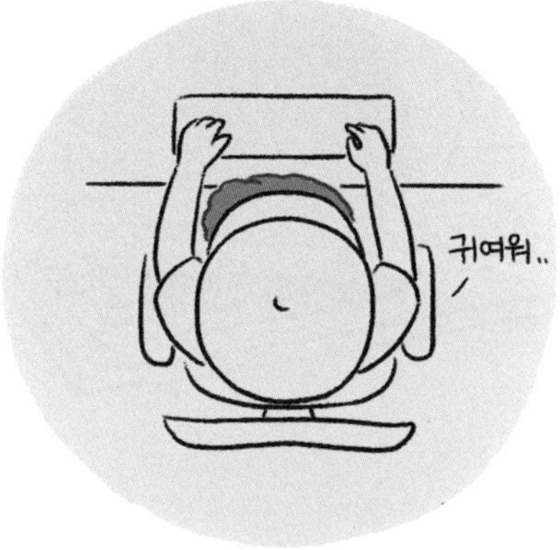
귀여워..

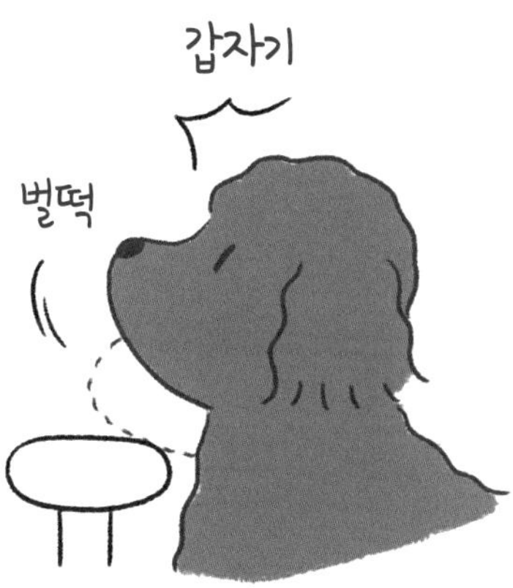
갑자기
벌떡

우뚝
보리야
왜 구램…

털썩

줄줄줄줄줄줄줄
줄줄줄줄줄줄줄 줄줄줄줄줄줄줄
엥?
?

오오오… 인턴 클라스!

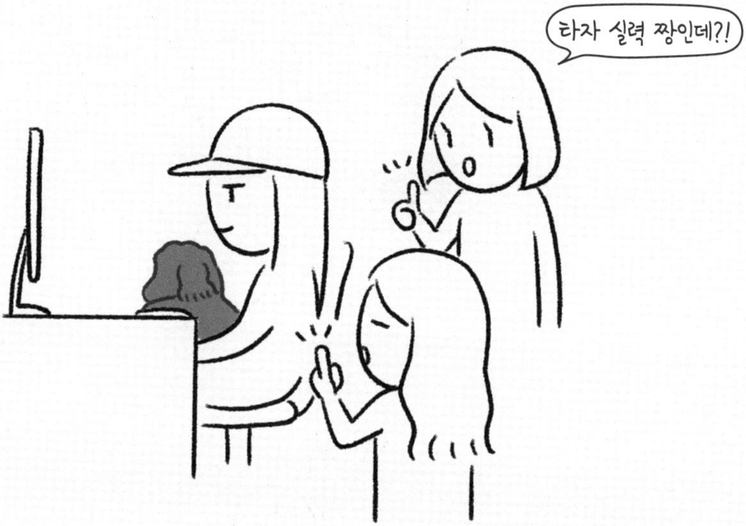
타자 실력 짱인데?!

다 함께 나들이

날씨 한번
죽이네요~
이럴 때
한강 가면 딱인데…

그럼, 우리 오늘은 조금 일찍 마치고 한강 갈까요?!

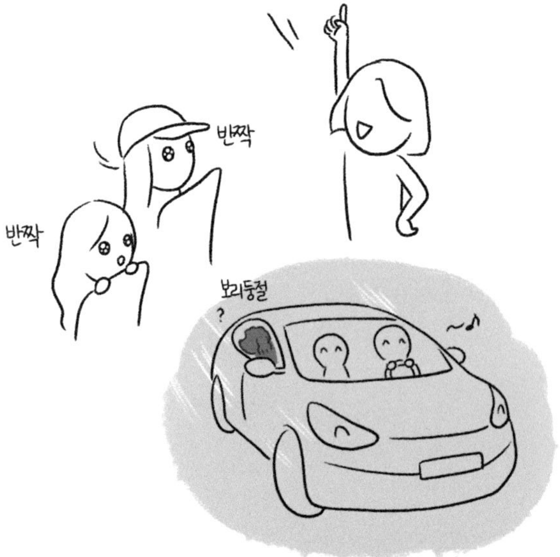
반짝
반짝
보리둥절
?

진짜 예쁘네요.

보리는
무슨 생각을
하는 걸까요…?

아련…

아 맞다, 보리야.
물 마시자~
터덜
터덜

?
응?
포옥

끼잉..

뭐야, 귀엽게….

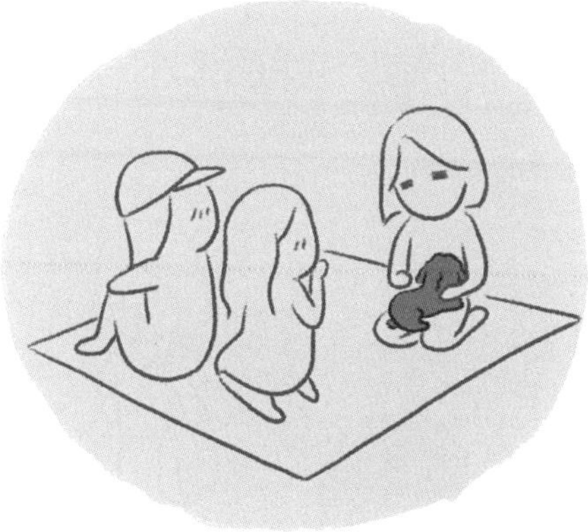

보리, 한강 와서 센치해진 거야? ㅋㅋㅋ

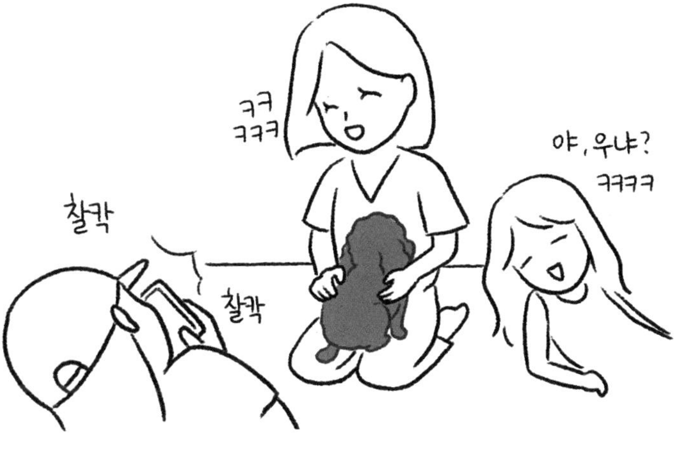
ㅋㅋ
ㅋㅋㅋ
야, 우냐?
ㅋㅋㅋㅋ
찰칵
찰칵

누나의 외출

나는 누나의 옷차림만으로 어디에 가는지 알 수 있지.

집 앞에 나가는 거니까
산책하자고 졸라도 괜찮아.

나도 출근 준비해야지~

나를 두고 나가려는 거군.

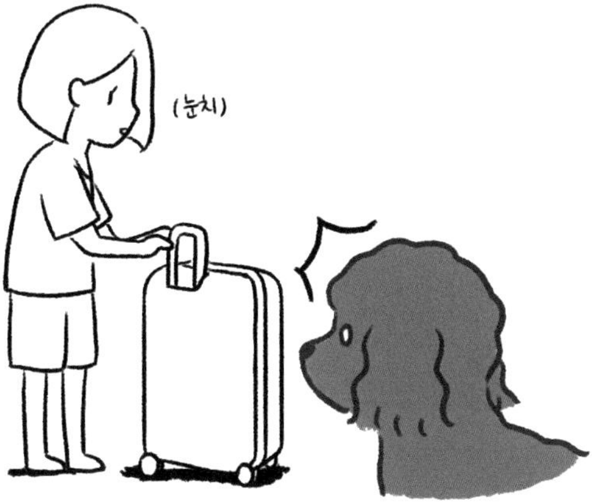
(눈치)

앗!

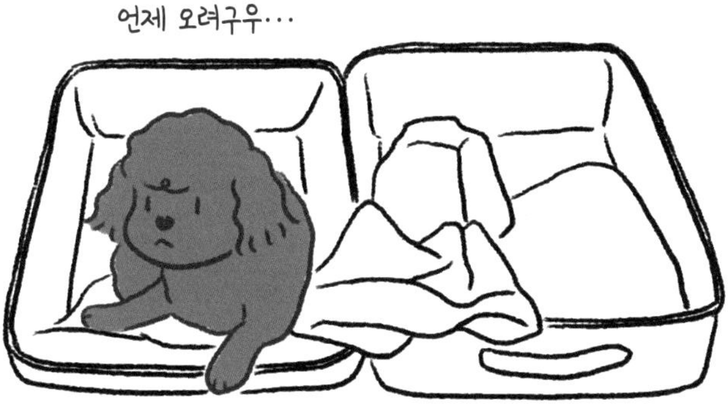
언제 오려구우…

이거 가지고 가면 또 언제 올 건데…

비 오는 날

"보리야, 누나 왔어.
잘 놀고 있었어?"

'왜 나는 오늘 안 데리고 갔어…'

"보리야, 누나한테 안 올 거야?"

"미안해. 보리야.

오늘은 비가 너무 많이 왔잖아."

'그래도 데려가. 같이 있고 싶어.'

살림살이가
늘어난다.

CHAPTER 3

오늘도 출근합니다!

보리 대신 말해요

보리를 데리고 오지 않은 날

까똑

ㅋㅋㅋㅋ
ㅋㅋ
ㅋ
머가 그렇게 잼나심…?
재밌는 건
공유합시다

우리 엄마가
카톡 보내심
ㅋㅋㅋㅋㅋ
엄마♡
누나, 빨리와~
So… Cute… ♡ ㅠ.ㅠ
빨리
퇴근하세여…!

파워 열일 모드!

보리야,
누나가
빨리 갈게…!

끝! 가볼게요!
오, 저도 슬슬
전 좀 이따가…
안녕히 가세요~
홀가분
※ 대표가 빨리 가야
직원들도 좋아해요

복잡
복잡
후
까똑

혼잡한 시간대 지옥철

엄마♡
누나 기다리고
있는 중~
(심쿵)

쾅
보리…야
누나…왔다
헉헉
(태연)
일찍 왔네?

그 후로도 어머니는….

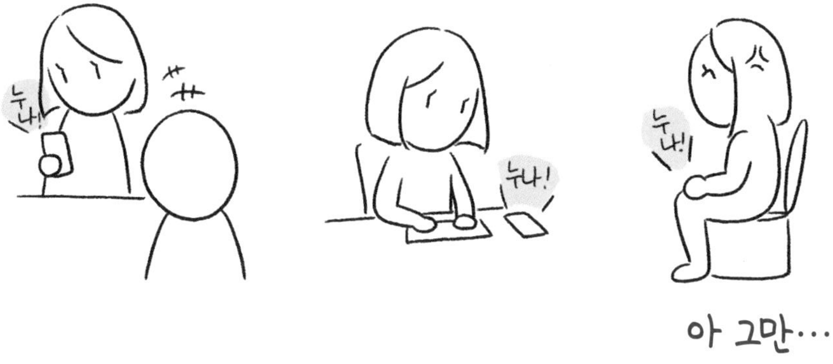

누나!
누나!
누나!
아 그만…

딩댕동 대표의 취미

퇴근길

다들 주말에 뭐하세요?
밀린 드라마!
전 오랜만에 농구하러···!
장난감 쇼핑!

토요일 오후

주말인데··· 뭐하지?
zZ
좋아! 나도 나만의 취미를 갖겠어!
깜짝

창작 활동

머햄
선물받은 나노블럭
으아-
더 스트레스 받아-
와장창
ㅋ..

버섯 키우기

무럭무럭
자라다오~
킁킁
표고버섯 모종
2주 뒤
자라고는···
있니···?
···
이장님 왈 : 그거 내년에나 나올겨!

보리야… 누난 안 될거야…
나랑
놀자 그냥
따흑..

응..!?
어릴때 쓰던
피아노

..!
띵-

그 후

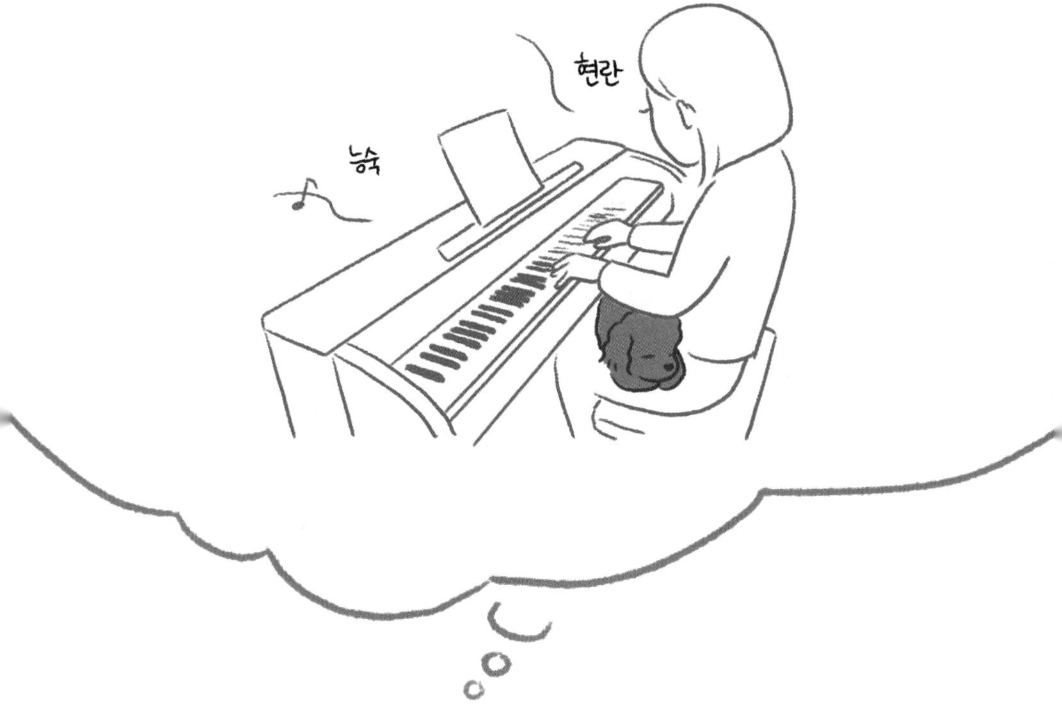
현란
능숙

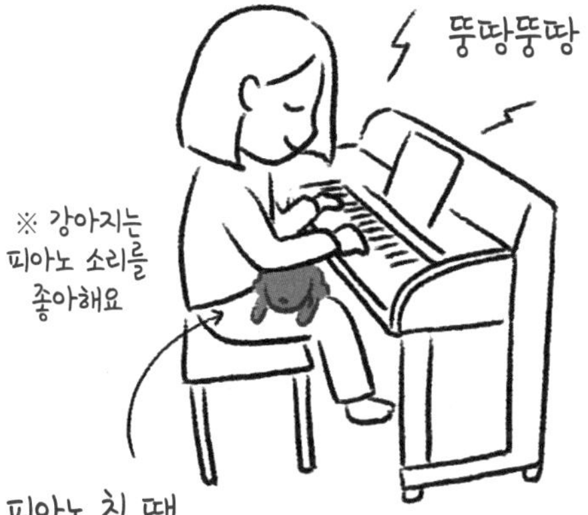
뚱땅뚱땅
※ 강아지는
피아노 소리를
좋아해요

피아노 칠 땐
꼭 무릎에 올라오는 보리

회사에서 낮잠을

비교적 자유로운 스타트업의 특성상,

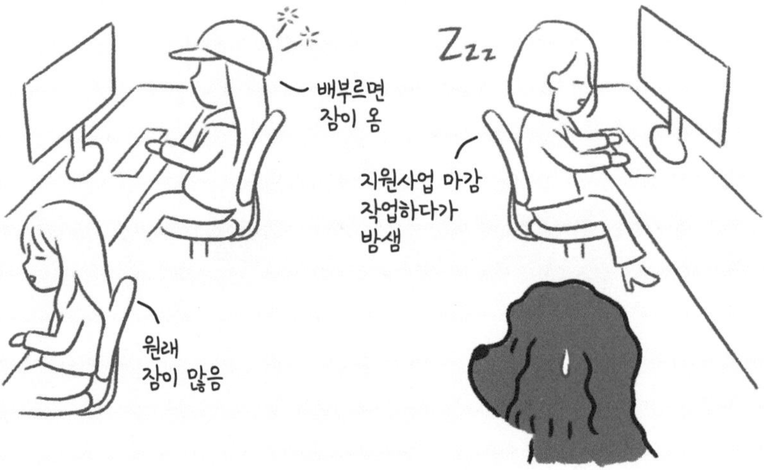
Zzz
배부르면
잠이 옴
지원사업 마감
작업하다가
밤샘
원래
잠이 많음

우리 사무실엔 간이침대가 구비되어 있다.

안녕,
난 라꾸*꾸!
?

직장인이 가장 졸린 시간, 오후 3시

뾰로롱
잠의 기운~
퀭~~
이제 미드 좀 작작
봐야겠다.

조금 자볼까~

주섬
주섬
뭐 해?

보리야, 잠시만
비켜주지, 뭐

휴… 행복은 멀리 있지 않아.

낮잠을
잘수 있다니
불도
꺼주시고ㅎㅎ…

근데 겁나 어수선해ㅠㅠ

열창中
멀리 있나…?
왔다
(부스럭)
갑자기 양치
한편의 너~
한컷의 너~
(애창곡 : 양다일-
한편의 너)
갔다

그래도 나름 잘 잡니다.

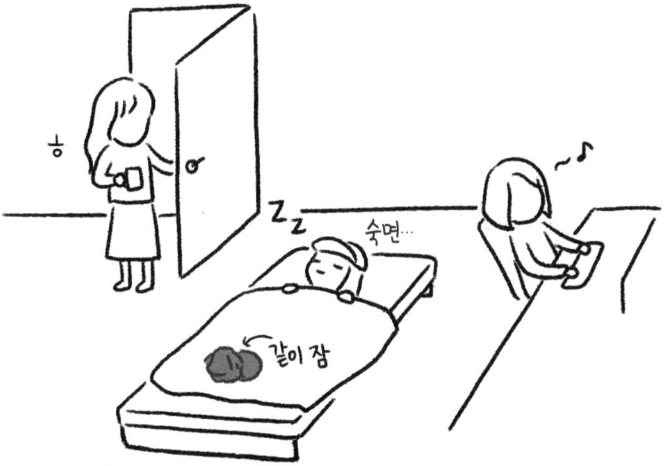
ㅎ
~♪
Zz
숙면…
같이 잠

보리 인턴의 출근 준비

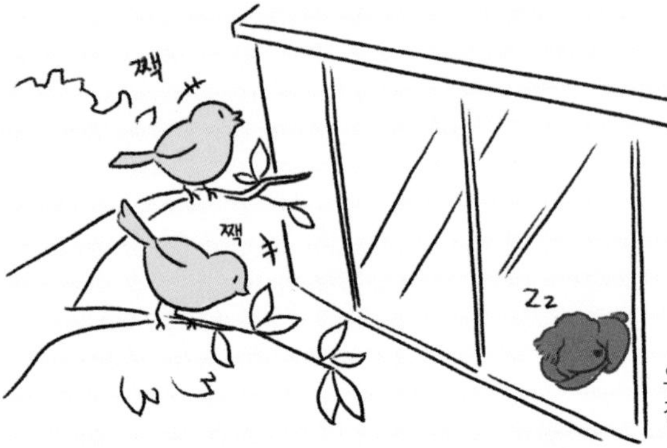
짹
짹
Zz

오랜만에 본가에서
잠든 보리.

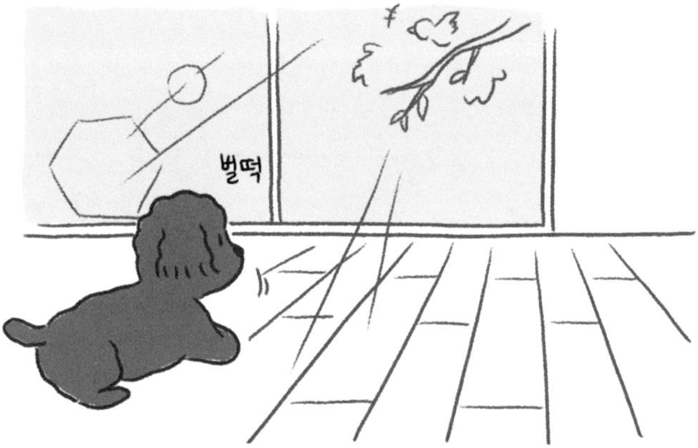
벌떡

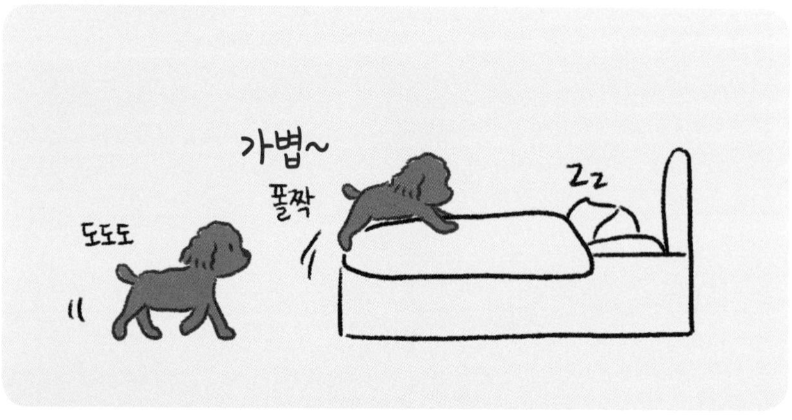
도도도
가볍~
폴짝
Zz

일어나, 일어나!

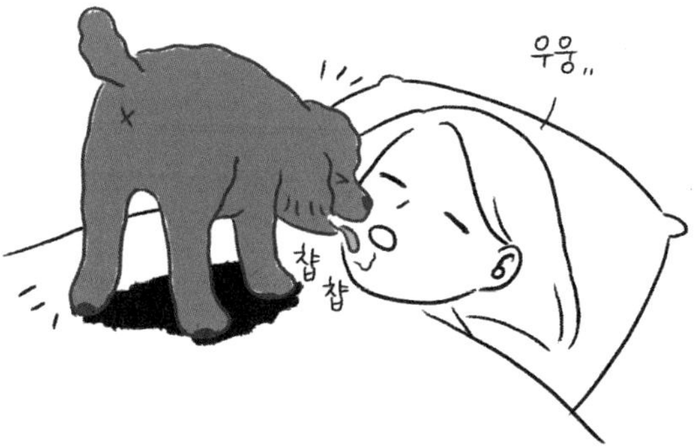
우웅..
챱
챱

일어나라구!!

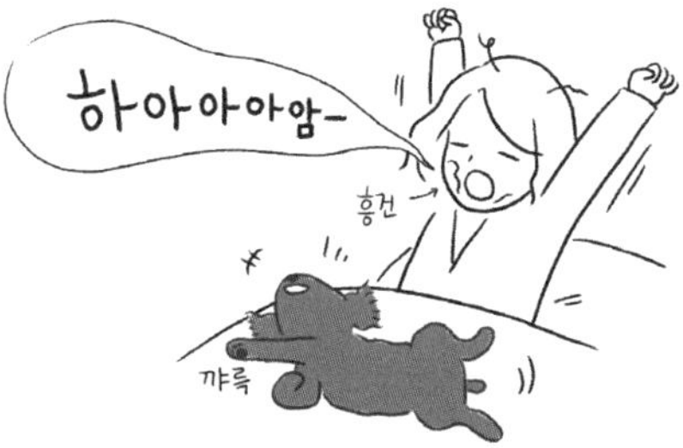
하아아아암-
흥건
꺄륵

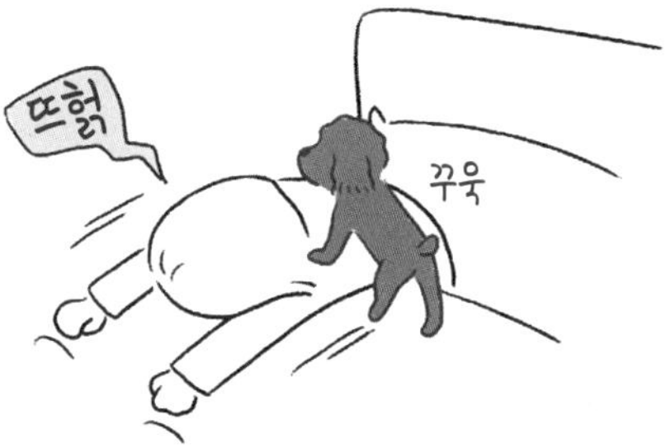
뜨헉
꾸욱

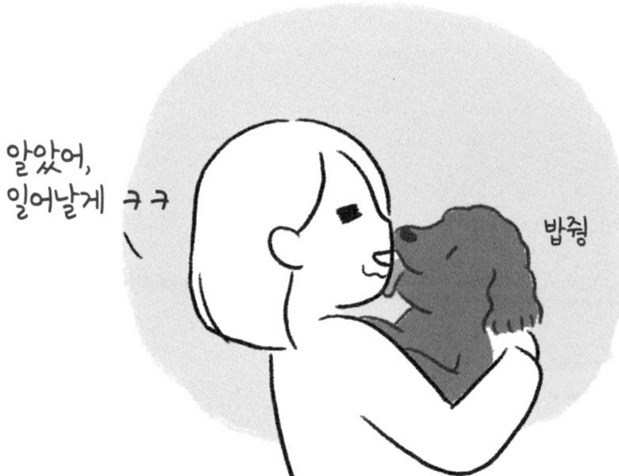
알았어,
일어날게 ㅋㅋ
밥줘

보리 밥부터 주고

보리야
밥먹자~

씻고 옷 입으면

뽀송~

출근 준비
끝ㅡ!
멍!
나도 끝!

친구도
데려가…
젤 아끼는
인형
기대
기대

귀여워..

누나의 출근 준비가 끝날 때쯤
이동가방에 먼저 들어가 있는 보리.

오늘도 출근길 지하철에 몸을 싣는다.
세상에서 가장 귀여운 직장 동료와 함께~

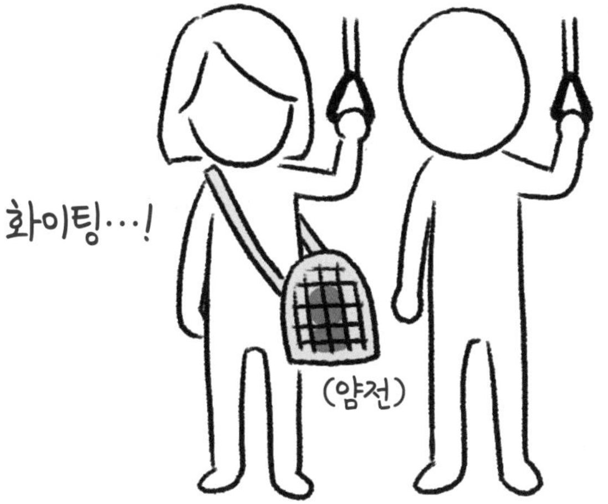
화이팅…!
(얌전)

아무리 바빠도

요즘 회사의 누나들이 이상하다.

와X즈 크라우드펀딩*
오픈 마감 D-3
슥슥
타닥
타닥

OO씨,
우리 업체 선정 완료됐나요?
네, 자료 넘겨 드릴게요.
△△씨, 작업물~~~
네, 아까 메일로~~~

* 크라우드 펀딩이란 온라인 플랫폼을 이용해 다수의 대중으로부터 자금을 조달하는 방식의 펀딩을 말한다.

누나가 날 안아주는 횟수가 줄었고,

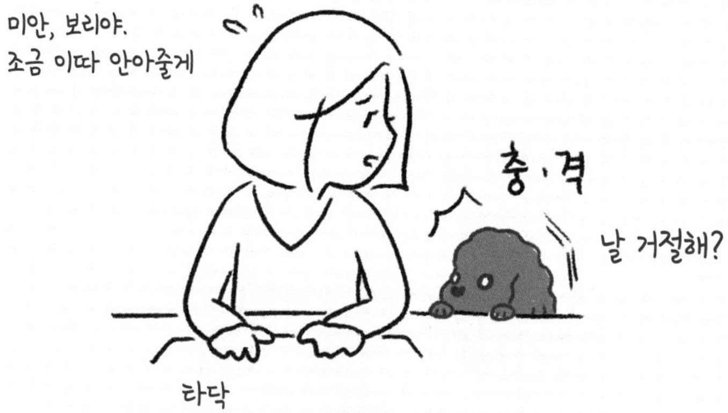
미안, 보리야.
조금 이따 안아줄게
충, 격
날 거절해?
타닥

고구마 누나는 장난감을 만들어주는 횟수가 줄었으며,

보리야
미안ㅠㅠ
ㅠㅠ

작은 누나는

?
스윽

귀찮게 하는 횟수가 줄었다.

한숨..?
좋은 것 같기도..

그치만 아무리 바빠도,

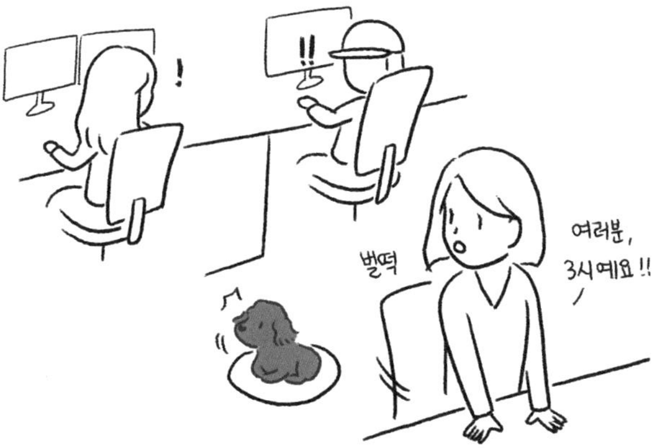
벌떡
여러분,
3시예요!!

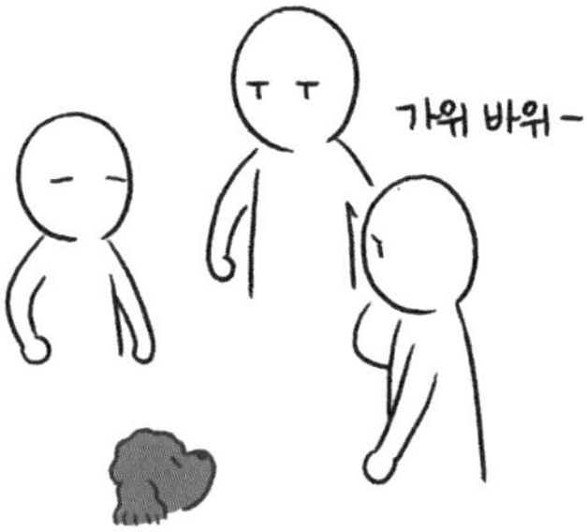
가위 바위 -

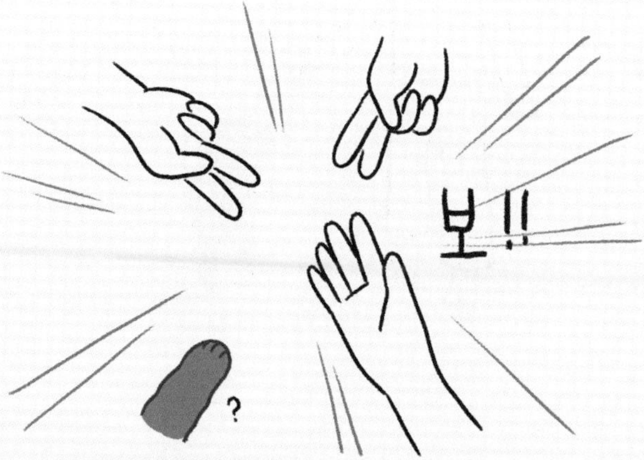
보!!
?

내 산책만은 칼같이 시켜주는 누나들!

nice!
가위바위보 정말 못함.
산책 가자
보리야~
야 니네 두고봐…
신나
신나

네가 행복하면 뭐든 좋아.

보리야, 우리 오늘은
조금만 일찍 들어갈까…?
흥 봐준다.
(촌촌…)

보리 한정 상냥한 사람들

오늘도 (일방적인) 사랑이 넘치는 페토코리아

귀여워···
하품한다
!
핥짝

아주 절절하구만…
꺄~
보리가 절
핥았어요!
예..
난간다

※ 얼굴을 가까이 했을 때 핥는 것은
치우라는 뜻입니다. (아닐 때도 있음)

네, 그건 확실히
처리해주세요.

후— 왜 매번 이런 식으로 하지?…
스트레스
지수 ↑
슬금

누나가 많이
사랑해~~~
우리 보리 ~♡
왔쪄요~

소오름
쪽쪽
방금까지 냉랭하던
사람이…

다들 보리 한정
애교 철철이군
서로에겐
그리 삭막하면서

응?
나야 나.
오구구
보리 왔쪄~~

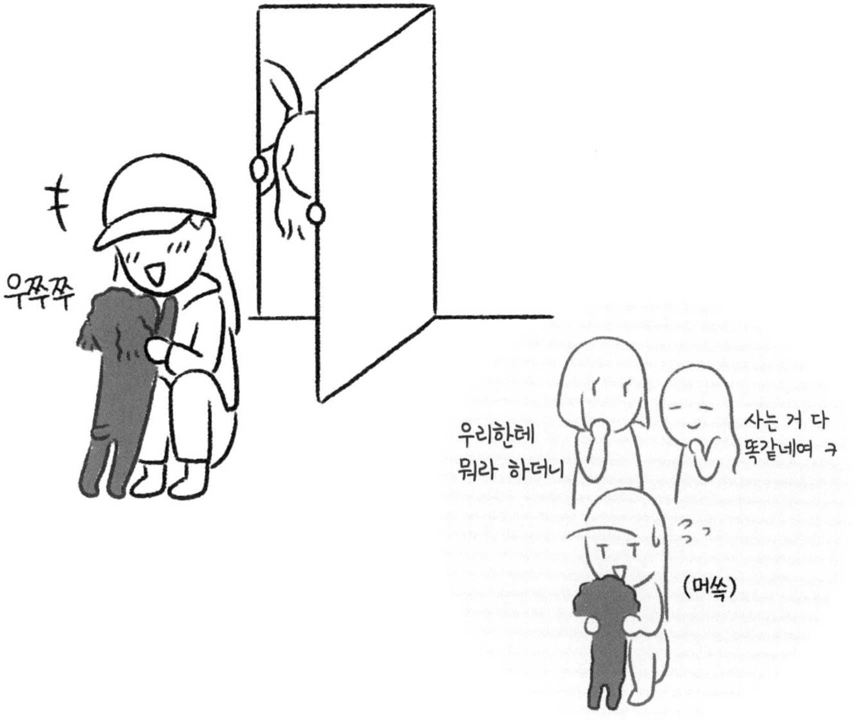
우쭈쭈
우리한테
뭐라 하더니
사는 거 다
똑같네여 ㅋ
ㅋㅋ
(머쓱)

보리의 과거

지금은 어엿한 성견이 된 보리지만,

?
지긋~

과거에는 개춘기가 심하게 왔었다.

2015년 어느 주말 아침

늦잠
부스럭
쿠당탕

와아, 정말… 여긴 어디지…?

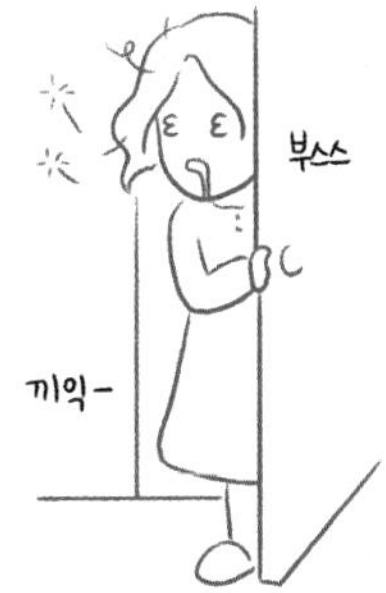
부스스
끼익-

구름 위를 걷는 것만 같아!

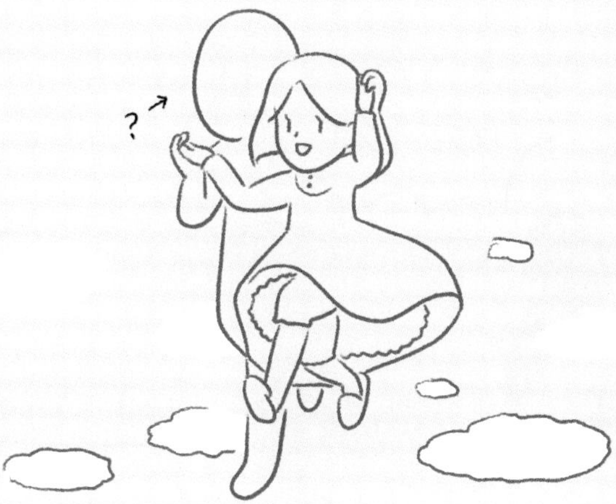

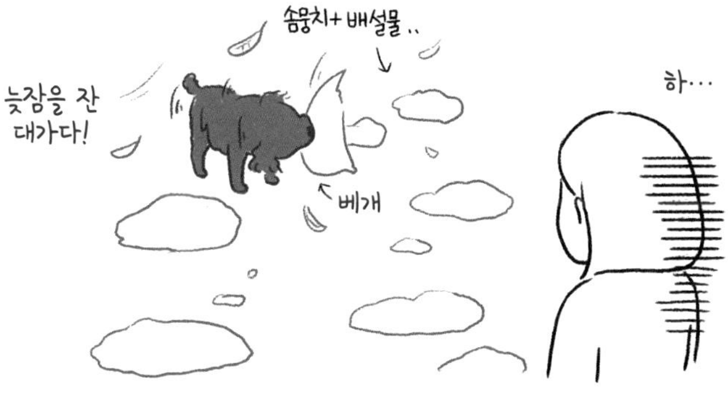
솜뭉치+배설물..
늦잠을 잔 대가다!
베개
하…

언제 다 치운담…
흥 (쳐다도 안 봄)
킁킁

(안들림)
야! 이보리!!
뜯뜯
* 혼낼 때 이름을 부르는 것은 좋지 않습니다.
아련~
그래도 1년 후부터는
제법 점잖아지더라구요…
저도 보리에 대해 많이 알아가고…

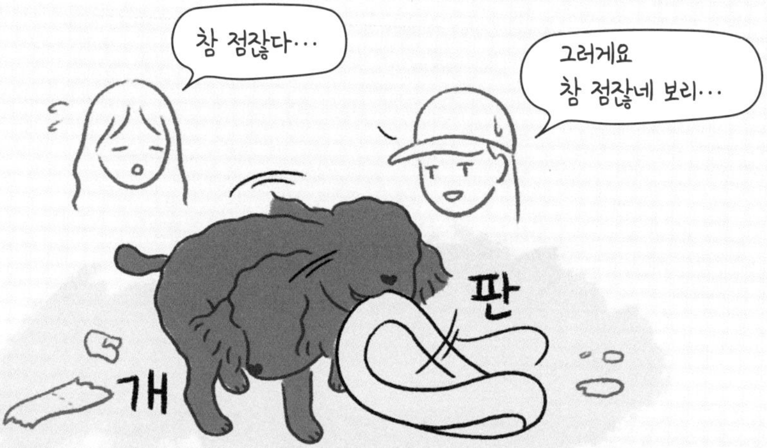
참 점잖다…
그러게요
참 점잖네 보리…
개
판

그래 넌, 개판 쳐도 괜찮아. 개니까.

망년회 이벤트
- 쓸모없는 선물 주기

으아아~~
올해도 거의 다 가네요~
물어본 사람...?

연말엔 역시
망년회죠!!
핫! 파티다!
쓸모없는 선물 주기
고고?
오케이 콜!

제1회 쓸모없는 선물주기
주식회사 페로코리아
망년회 당일
미안해요 내년엔 더 좋은 곳에서··· 하하
여기도 좋아여~
OO 아늑함
BOX
BOX
BOX
접이식 침대
그럼 이제··· 까볼까요?
후후
드디어..
두근
(두렵)
나눠 가짐

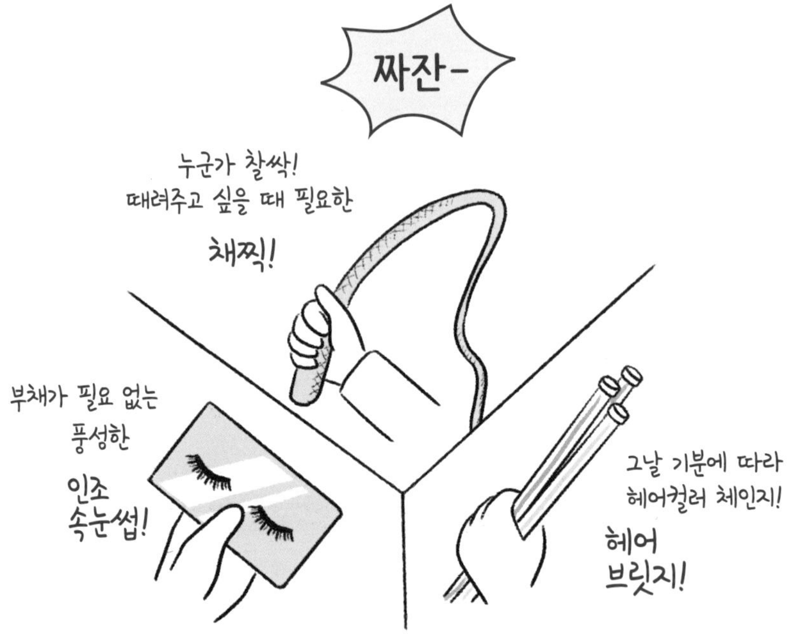
짜잔-
누군가 찰싹!
때려주고 싶을 때 필요한
채찍!
부채가 필요 없는
풍성한
인조
속눈썹!
그날 기분에 따라
헤어컬러 체인지!
헤어
브릿지!

(뜻밖의 취향 저격)
장착 중
이게
뭐람…

대환장 파티로구나.

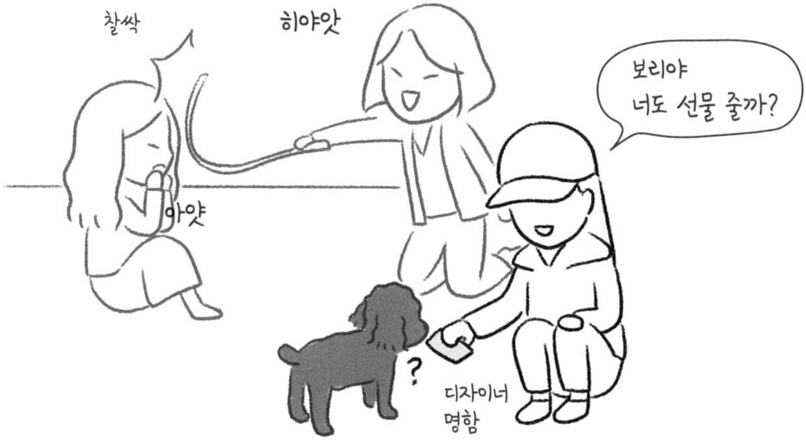
찰싹
히야앗
아얏
보리야
너도 선물 줄까?
?
디자이너
명함

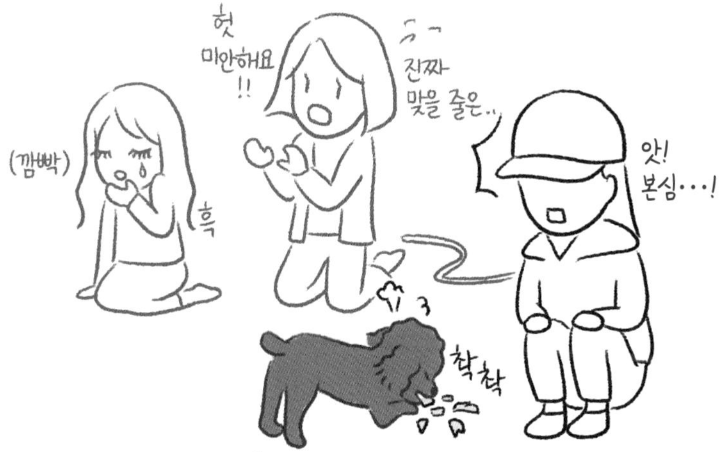
헛
미안해요
!!
진짜
맞을 줄은..
(깜빡)
흑
앗!
본심···!
착착

보리 인턴의 관찰 일지 2

쓸모없는 선물 주기란?

쓸모없는 선물 주고받기는
의미 있고 값비싼 선물을 대신하여,
저렴한 가격으로 누가 더 쓸모없는
선물을 주는가 하는
창의력 대결 이벤트입니다.

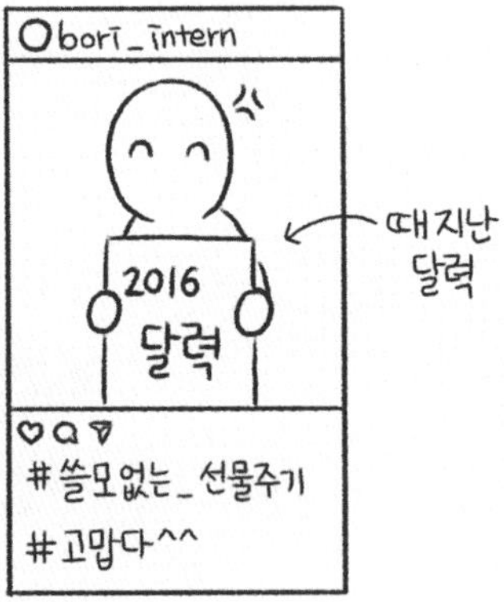

@bori_intern
2016
달력
때지난
달력
#쓸모없는_선물주기
#고맙다^^

이벤트의 핵심은 참신하면서도 쓸모없는 선물을 줘서 받는 사람으로 하여금 허탈함을 느끼게 하는 것인데요. 근래 유행하며 다양한 인증샷들이 쏟아져 재미를 더하고 있죠.

방법

1. 적정 가격대를 정합니다.
   (5천원 미만을 추천합니다.)

2. 누가 누구에게 줄지 정합니다.

3. 자기가 선물을 줘야 하는 사람에게
   가장 쓸모없는 것이 무엇인지
   고민하여 선물을 구매합니다.

4. 선물 증정식을 진행하고,
   가장 쓸모없는 선물을 준 사람에게
   상을 내립니다.

쓸모없는 선물의 예

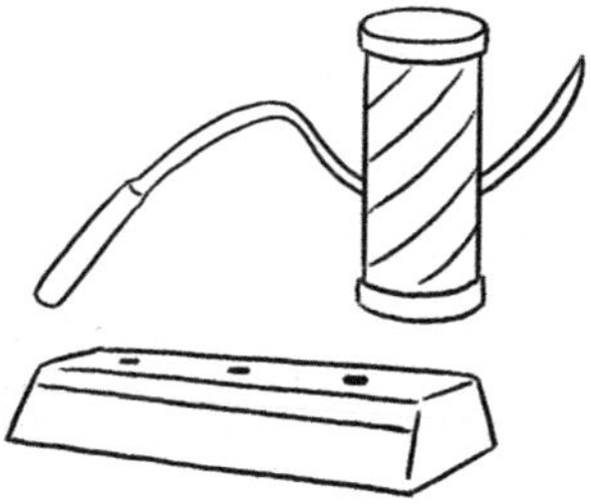

- 작년 다이어리
- 문신한 사람에게 문신 토시
- 벽돌
- 비반려인에게 배변 패드
- 기종에 맞지 않는 폰케이스

등등….

Merry Christmas &
Happy New Year

가족끼리, 친구끼리 적은 돈으로 의외의 즐거움을 얻을 수 있어요.

* 지나친 낭비는 금물! 나에겐 쓸모없더라도 누군가에겐 유용할 수 있는 물건임을 기억해요!

지친 하루 끝에서
- 네 덕에 웃는다

와아, 됐다!!

으와앗!
오, 뭐가여?
오옹?

이번에 지원한 정부지원사업에 우리가 선정됐어요!!

우와아아

아니, 시간이 벌써!

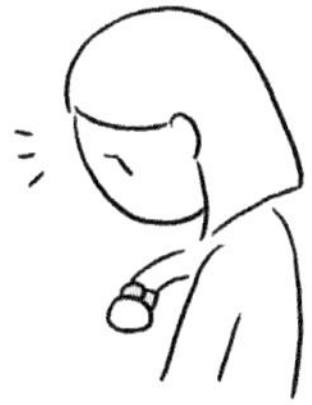

저 점심 미팅 다녀올게요!

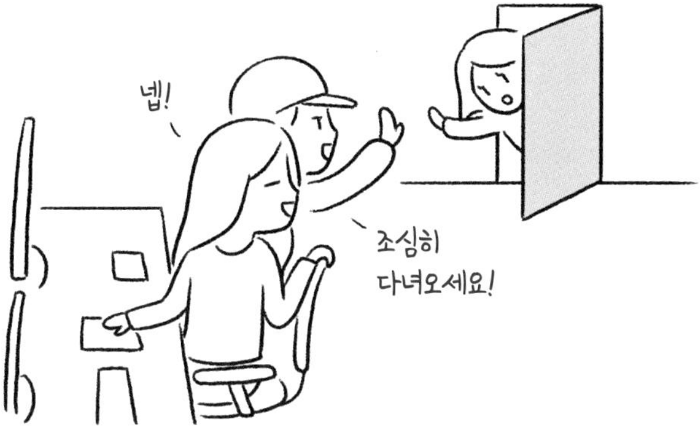
넵!
조심히 다녀오세요!

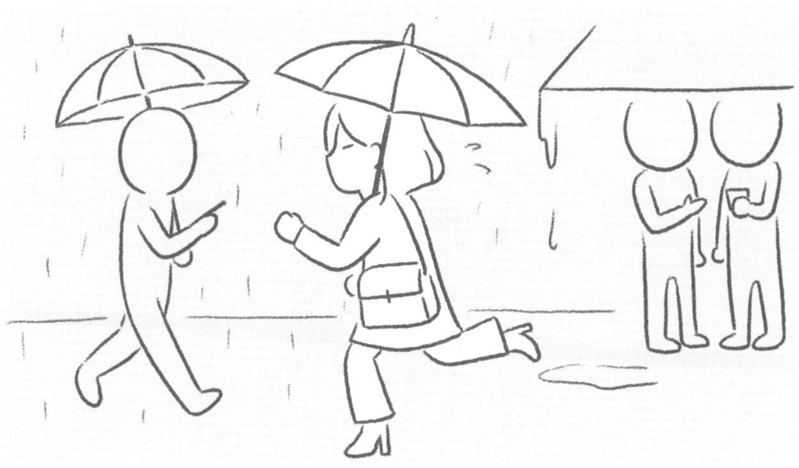

저희가
이번에~

후… 잘 됐으면 좋겠다….
까똑

단톡방
대표님 저희
공장쪽
가봐야 할것
같..

출발할까요??

제품 공장

근데 ~는 더 OO하게 해야 할 것 같은데요?
맞아요
그럼 일주일 정도 더 걸립니다.

그럼 저희가 고객님께 양해를 구하고 있죠 뭐
헛
그래도 할 수 없···
네, 이건

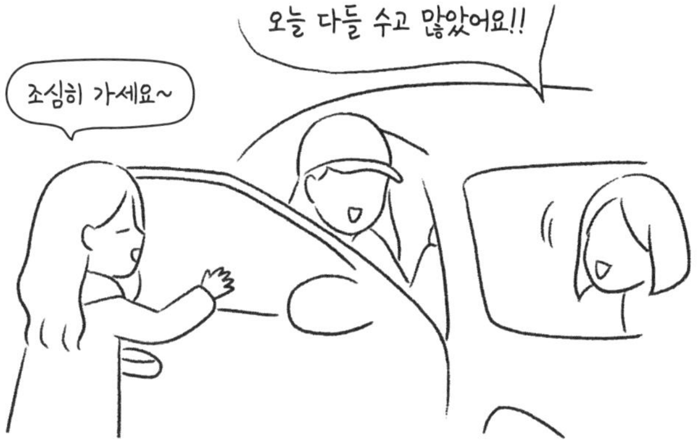
오늘 다들 수고 많았어요!!
조심히 가세요~

저녁 미팅

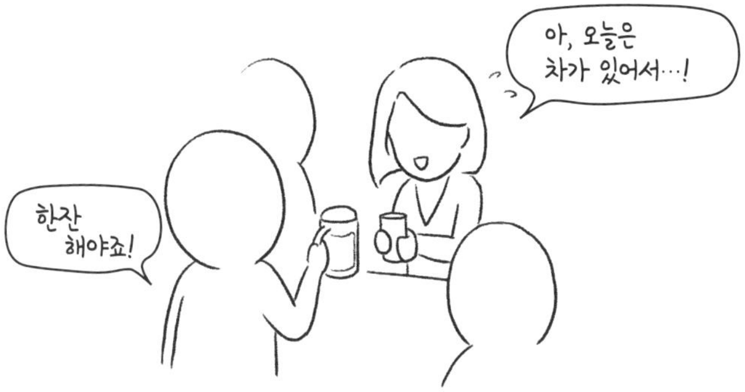
한잔 해야죠!
아, 오늘은 차가 있어서…!

맥주나 한 캔 사갈까….

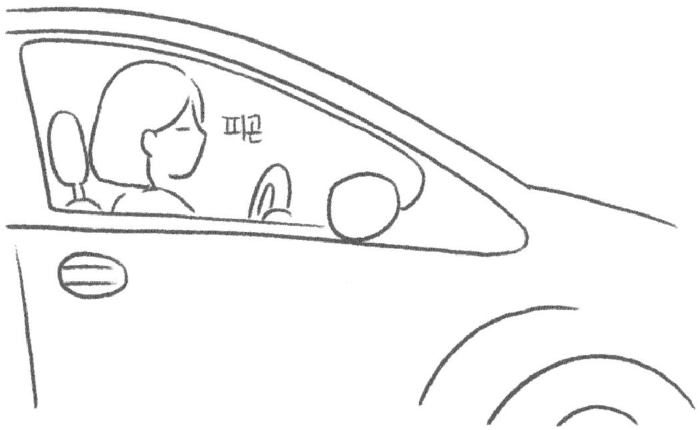
피곤

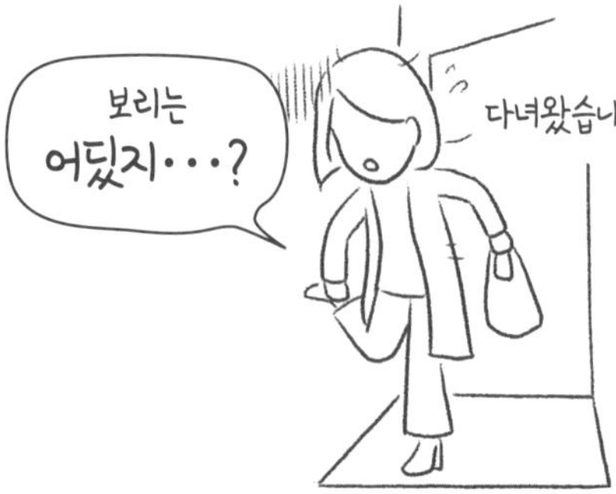
보리는
어딨지・・・?
다녀왔습니다~~

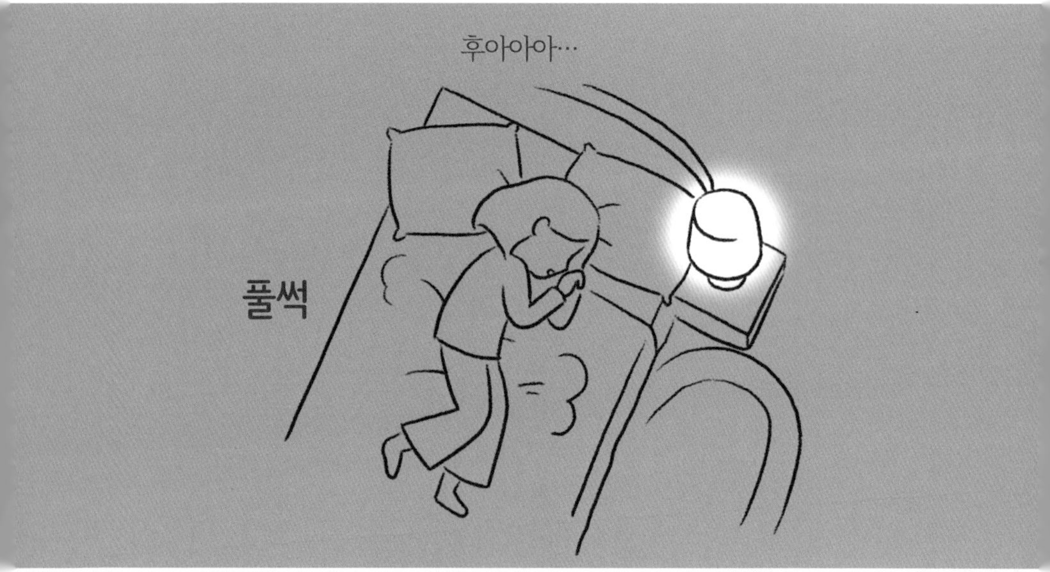
후아아아…
풀썩

공장 일정 지연되면 어떡하지?

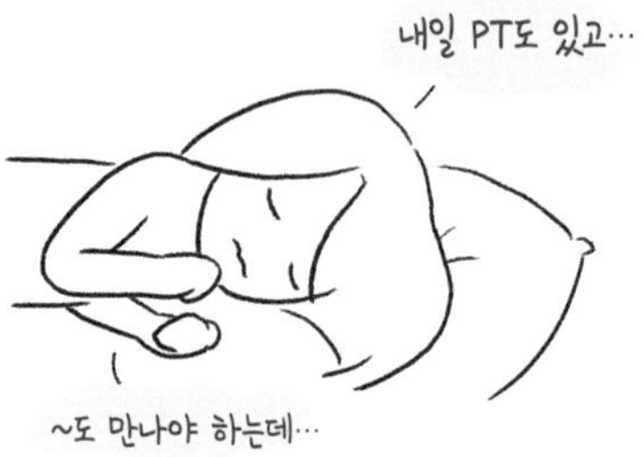
내일 PT도 있고…
~도 만나야 하는데…

응?

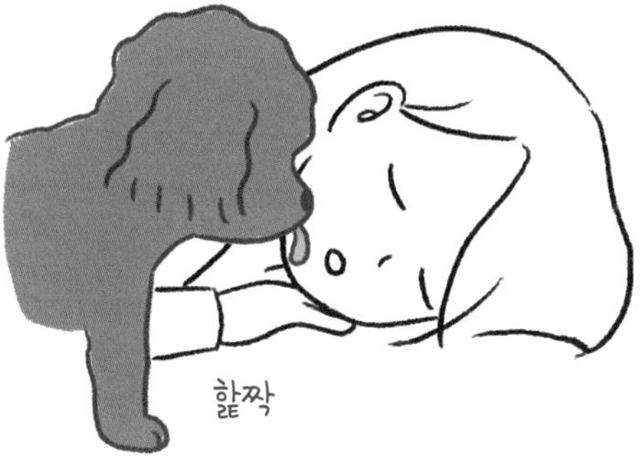
핥짝

보리야, 핥지 마….

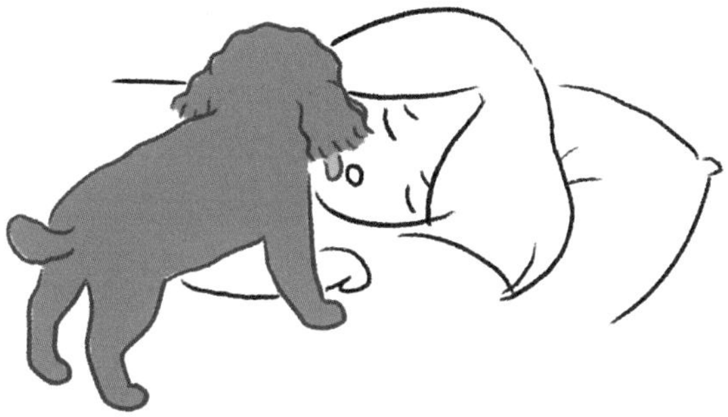

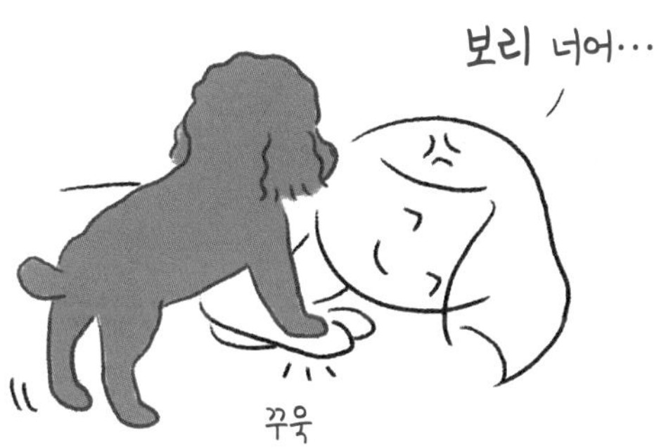
보리 너어…
꾸욱

보리야,

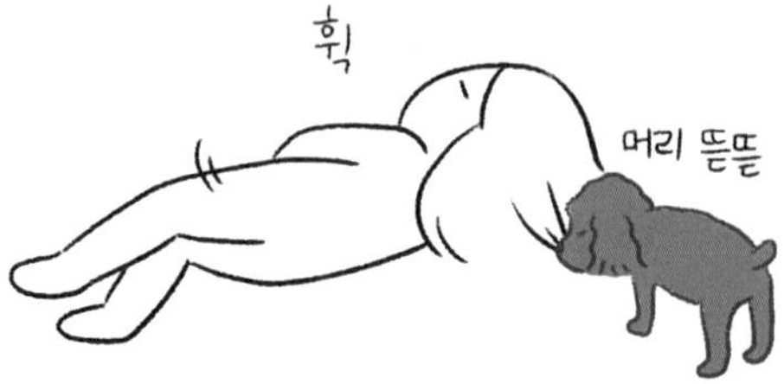
휙
머리 뜯뜯

누나~~

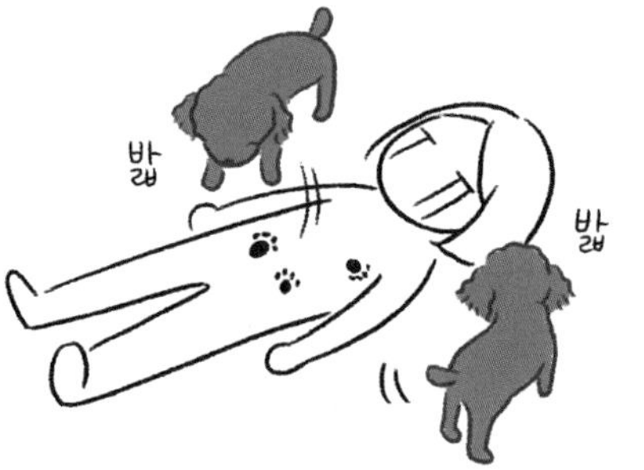
밟
밟

피곤해애….

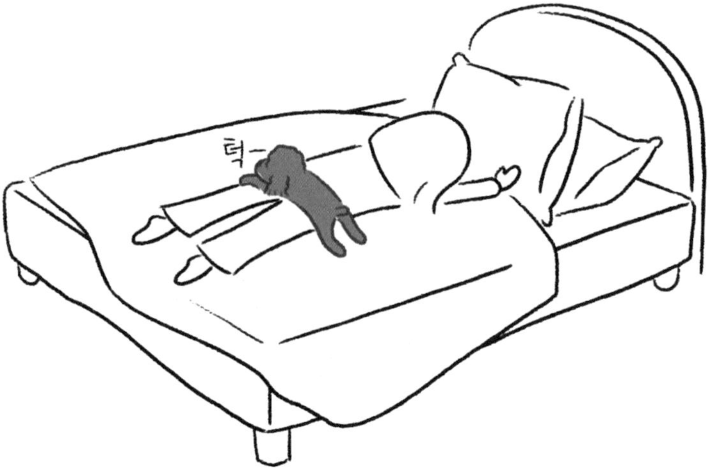
턱—

그래도 너땜에 웃는다
내가···ㅋㅋ

zZ
!
자니?

엄마와 보리

평소에 보리는 자신을 가만히 두지 않는 엄마를
별로 좋아하지 않는데,

특별출연: 대표&보리 엄마
보리~
(짜증)
자주
귀찮게 함

엄마가 아파서 쓰러진 날

아이고
머리야…

한참 동안이나 옆에서 엄마를 핥아주었어.

안절
부절

퇴원 후에도 엄마만 계속 반기며 재롱을 피우더라.

보리야
엄마 왔다~
아이구
신났네~
(깨방정)

천사가 있다면 바로 너 아닐까, 보리야.

보리야
근데 누나는…?
원래는
제일 반겨주면서…

보리의 잠꼬대

보리야, 우리
서로 악몽을 꾸면 깨워주는거다.

근데 너,

잠꼬대가 점점 늘어간다?

(깨워야 하나?)

주인 자랑 타임

"우리 쥬이니는 나랑 항상 같이 자."
"우리 엄마는 간식을 직접 만들어준다~!"
"우리 주인도~~~~~~"
"우리 언니는~~~"

.
.
.

우리 주인은

·
·
·

백수다~!

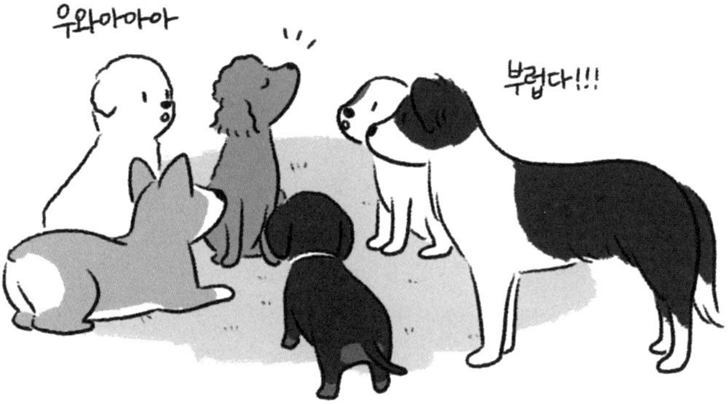
우와아아아
부럽다!!!

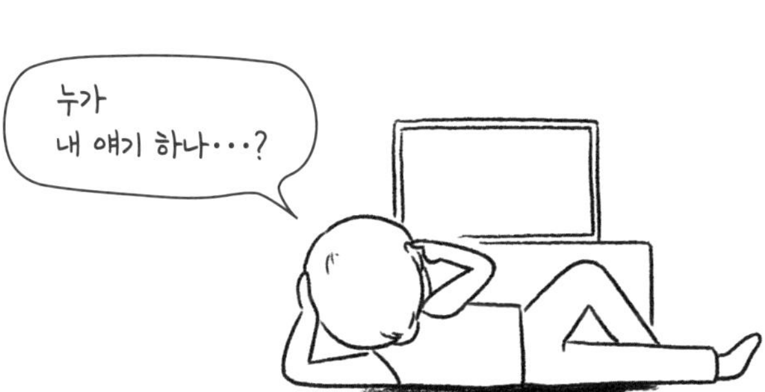
누가
내 얘기 하나···?

대형견들의 착각

이상한 일이야.

어릴 적부터 내 친구였던 토순이가
점점 작아지고 있거든.

이게 대체 무슨 일이지?

함께여서 오늘도 행복합니다

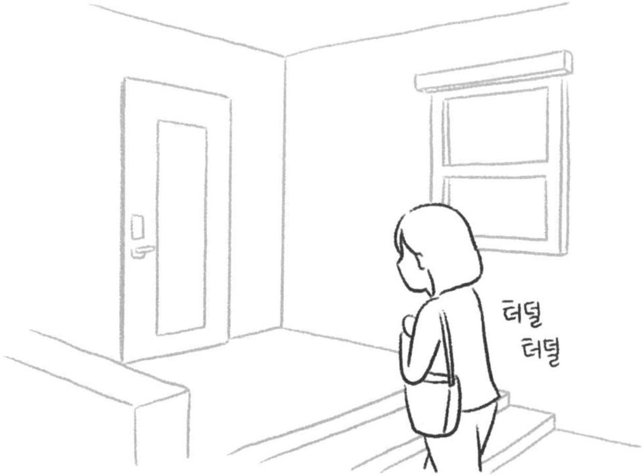
터덜
터덜

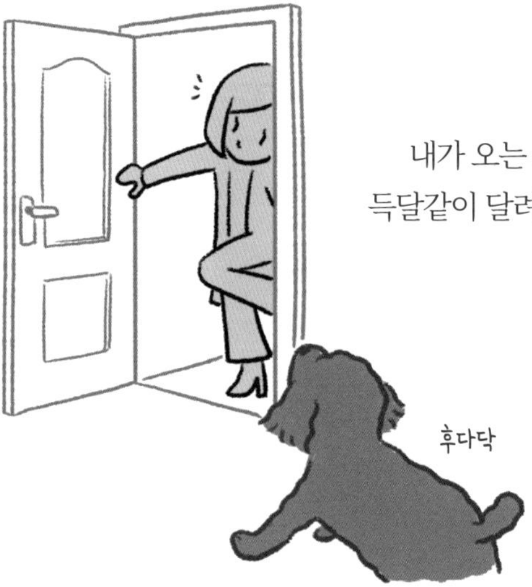
후다닥

내가 오는 소리에 항상
득달같이 달려오던 너였는데,

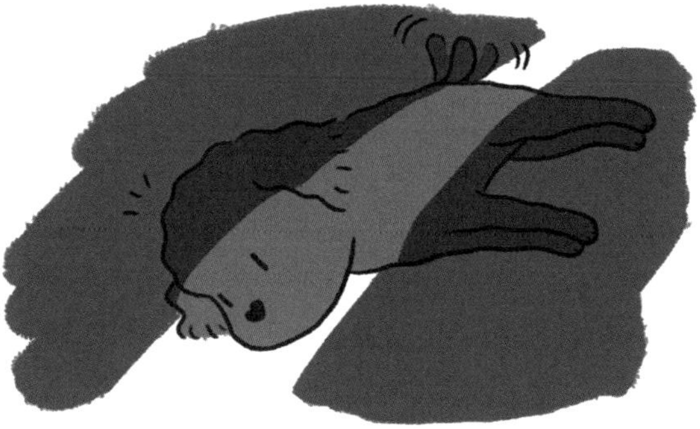

어느 순간부턴가 자다 깬 얼굴로
내가 다가가야 알아채고 꼬리를 흔드는 너.

지금 이대로도 좋으니
늘 옆에만 있어줬음 좋겠어.

CHAPTER 4

반려견의 행복 레시피

아는 사람만 알고
모르는 사람은 모르는
반려견 상식

이렇게 안아주세요

싫어요

평소 상냥한 반려견일지라도 때에 따라서는
스킨십이 달갑지 않기도 하죠.

마구잡이 포옹은 아파요!

겨드랑이와 다리를 잡고 마구잡이로 안아 올리면
자칫 연약한 강아지의 인대가 찢어지고
어깨가 탈골될 수 있어요.

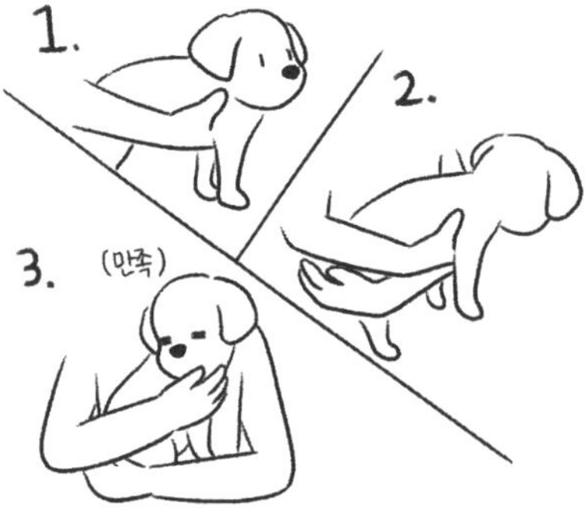
1.
2.
3.
(만족)

Tip 이렇게 안아주세요!

1. 한쪽 손으로 배 쪽을 조심스럽게 잡아주세요.
2. 다른 한 손으로 엉덩이와 다리 아래를 받쳐주며 천천히 안아 올려요.
3. 몸이 앞으로 기울어지지 않도록 앞가슴을 지지하고 뒷다리 부분을 받쳐 몸에 밀착시켜 안아주세요.

갑자기 안지 말아주세요.

귀엽다고 반려견을 불쑥 껴안는 경우가 더러 있습니다.
하지만 넘치는 사랑의 마음으로 안았더라도, 갑자기 껴안으면
반려견은 당황스럽고 깜짝 놀랄 수 있어요.

뭐해~?
놀랐잖아!
미안···

으그,
밥 좀 먹자…

시도 때도 없이 안지 말아주세요.

가만히 쉬고 싶을 때나 밥을 먹어야 할 때
포옹한다면 불편하기만 하겠죠?
댕댕이에게도 자유로운 휴식의 시간이
필요합니다.
너무 귀여워도 포옹은 잠시 기다려주세요.

당신의 작은 배려로 털 친구들은
훨씬 행복할 수 있답니다.

반성중..

이동장 사용하기

모든 반려견은 공공장소 혹은 대중교통을 이용할 때 이동장을 사용해야 합니다.
우리 털 친구들에게 '처음'의 의미는 크게 다가옵니다.
처음 본 이동장에 익숙해지는 것도 마찬가지예요.
이동장 사용 시에 큰 용기를 내야 하는 친구들도 있어요.

그래도 이동장 안에 좋아하는 간식과 장난감이 가득하고,
느긋하게 기다려주는 보호자와 함께라면
'처음'은 해볼 만한 일일 거예요.

처음에는 비록 낯설고 어색하더라도, 익숙해지면
이동장 안은 어느새 방해받지 않을 수 있는
편안한 공간이자 쉼터가 될 수 있을 거예요.

Tip 견생 이동장 찾기

이동장의 크기는 매우 중요합니다.
좁고 답답한 기분이 든다면, 이동장을 좋아하기 힘들겠죠?

길이
몸을 쭉 뻗어도 넉넉한 공간

높이
서 있을 때 머리가 이동장에
닿지 않을 정도

폭
이동장에서 몸을 돌릴 수 있을 정도

개들이 배변할 때 반려인을 쳐다보는 이유

늘 보호자를 바라보는 일편단심 댕댕이라지만,
배변을 하면서까지 쳐다보면 다소 민망할 때가 있습니다. 대체 왜 그런 걸까요?

본능일 수 있어요.

취약한 상황에 놓일 때를 경계하는 것은
개의 본능입니다.
주변에 위험한 것들이 있지는 않을까
걱정하며 주변을 살피는 것이죠.

쥬이니···
나 지켜줄 거지···?

나 잘했지?

칭찬받기를 기대할 수 있어요.

과거 배변에 성공했을 때, 간식이나 칭찬을
받았던 기억이 선명한 친구들은
뿌듯한 눈빛으로 보호자를 바라봅니다.

눈치 보는 것일 수도 있어요.

항상 칭찬만 받는다면 얼마나 좋을까요?
그러나 배변훈련에 실패했을 때 크게 혼났던 기억이
트라우마로 남아 눈치를 보게 된 것일 수도 있어요.
참고로 혼내는 식의 배변 훈련은
추후 식분증•이라는 안타까운 결과를
가져올 수 있으니 참고하셔야 해요.

● 식분증이란 자신이나 다른 동물의 배설물을 먹는 것입니다. 건강이나 호기심, 생활 환경 등 다양한 이유가 있을 수 있으니 주의해야 합니다.

앗···실수
혼내디망···ㅠ

집중이 안 돼
ㅠㅠㅠ

프라이버시 존중을 요구할 수 있어요.

누구나 배변 시에는 힘 조절과 집중이 필요하지요.
반려견도 마찬가지로 지나친 시선이 느껴지거나
방해를 받으면 불편함을 느낀답니다.
그러니 우리도 멍멍이들의 쾌변을 방해하지
말도록 해요.

반려인의 소양, 펫티켓

펫티켓은 말 그대로 반려인이 지켜야 할 에티켓을 말합니다.
펫티켓을 지키면 반려견과 반려인, 그리고 비반려인 모두가
조화롭게 공존할 수 있어요.

● 펫티켓을 지키며 강아지와 인사하기

1단계 : 반려인의 허락 구하기

반려인을 통해 친구를 소개받는다고 생각해봅시다.
그렇게 조금은 덜 어색한 상태로 인사를 할 수 있게 된다면,
강아지가 조금 더 빨리 다가올 거예요.

이렇게 자세를 낮추는 게 좋아요!

2단계 : 체취 공유

천천히 다가가거나 다가오게 기다린 후,
손등을 내밀어 냄새를 맡을 수 있게 해주세요.
"난 이런 사람이야. 경계하지 않아도 좋아."

3단계 : **조심스러운 터치**

강아지가 가까이 다가왔다면, 턱부터 등, 허리의 순서로 천천히 쓰다듬어 주세요.
긴장을 풀고 섬세하게 만져주면 기분 좋아할 거예요.
한층 더 친해진 느낌은 덤!

주의점

어린아이의 경우 힘 조절이 힘들기 때문에
반려견이 자칫 놀랄 수 있어요.
아이와 반려견이 양쪽 보호자의 통제 아래에서
인사할 수 있도록 주의해주세요.

굳이 만지지 않고 거리를 두고
바라만 보더라도 귀여운 강아지와 충분히
교감할 수 있을 거예요.

견생샷을 위한 꿀팁

반려견에게도 사진이 잘 나오는 각도,
털발이 잘 받는 날 같은 것들이 존재한답니다.
견생샷을 찍을 수 있는 꿀팁을 공유합니다!

?

소품을 활용해보세요.

도화지 혹은 색지를 벽과 바닥 사이에 눕혀
배경을 만들어주면 나만의 스튜디오 완성!
이 위에 쿠션과 상자를 두면 가지고 놀거나,
기대어 있는 모습을 자연스럽게 찍을 수 있어요.

노출값을 조정하세요.

노출값을 살짝 올려주면 보송보송한 털을 연출하고
뽀샤시한 효과를 만들어줄 수 있어요.

셔터 스피드 속도를 올리세요.

워낙 활동적인 친구들은 계속 움직이므로
선명한 사진 한 장조차도 찍기 힘들 수 있어요.
DSLR을 사용해 촬영하는 경우에는 셔터 스피드를 높인다면,
사랑스러운 순간 포착이 조금은 쉬워진답니다.

잠깐만
잠깐만
가만히

얼짱 각도로 찍고 싶다면

정면을 바라보는 모습을 찍고 싶은데
생각보다 카메라를 봐주지 않는 경우가 많죠.
장난감, 간식 등을 카메라 렌즈 쪽에 두고
얼짱 각도 연출!

자연광을 등져 어둡다면

자연광을 등져 어둡게 찍히는 것을 방지하기 위해
반사판을 활용할 수 있어요.
은색 돗자리 혹은 은박지 등 주변의 물건들로
반사판을 대체하면 성공적인 연출이 가능해지겠죠?

충분한 휴식과 보상을 주세요.

장시간 촬영은 반려견을 지치게 할 수 있으니,
짧은 간격으로 촬영하고
중간 휴식 시에는 충분한 보상을 주세요.
사진 촬영이 하나의 추억이자
즐거운 놀이가 될 거예요.

귀에 바람을 불지 말아주세요

반려인이라면 한 번쯤 반려견 귀에 바람을 불어보는 장난을 쳐봤을 거예요.
보통 아이들의 반응은 한결같이 질색팔색이죠.
귀에 바람이 부는 걸 싫어하는 이유를 알아볼까요?

아잇 참..

얼굴이 너무 가까우면 부담스러워요.

바람을 불 때 얼굴이 지나치게 가까워 부담스러운 경우,
치워달라는 뜻으로 시선을 돌리며
하품을 하기도 해요.

싫어

갑작스러운 자극은 싫어요.

귀에 부는 바람은 일정 신체 부위에 대한
갑작스러운 자극으로 받아들여질 수 있어요.
그래서 외면하거나 자리를 피하는 거죠.

(편안)
옴마야!

입장을 바꿔 생각해봐요.

여러분의 가족이 시도 때도 없이
귀에 바람을 불어넣는다고 상상해볼까요?

자, 이 정도면 왜 기겁하는지 더 이상 말하지 않아도 되겠죠?

신경질 내는 모습이 은근히 귀여워도, 반려견이 싫어한다면 참는 것이
진정한 반려인의 길이라는 것을 잊지 말기로 합시다!

마운팅하는 댕댕이

마운팅하는 개를 보면 다소 낯설고 낯뜨겁게 느껴졌나요?
혹시 어색한 기분에 무조건 강아지를 혼내지는 않았나요?
하지만 마운팅은 성적인 이유로만 하는것이 아니랍니다.
마운팅의 이유는 다양해요.

원인 1 : 불안과 스트레스

불안함 때문에 주의 환기가 필요하거나,
스트레스를 해소하고자 할 때
시작할 수 있어요.
갑자기 마운팅이 심해졌다면
불안 요소가 무엇인지 알아볼 필요가 있어요.

원인 2 : 관심 끌기

보호자가 관심을 주지 않을 때,
마운팅으로 관심을 끌려는 친구들도 있죠.
보호자가 즉각적인 반응을 보이면
마운팅이 더 심해질 수 있으니
일단은 모르는 척 지켜봐주세요.

원인 3 : **서열 정리**

다른 개에 대한 마운팅은 서열 정리에 대한
의미를 가지기도 해요.
그러나 무생물(쿠션, 인형)에 대한 마운팅은
서열과는 관련이 없다는 연구결과가 있어요.

놀자 놀자
(불편)

원인 4 : **놀이**

때때로 서열 정리와는 상관없이 그저
사회적 놀이로서 마운팅을 하기도 해요.
간혹, 마운팅 행위에 대한 상대 개의 거절을
인지하지 못하는 경우가 있으니
이럴 때는 보호자가 통제해주어야 해요.

재미져~재미져

건강하게만
자라다오…

결과적으로 마운팅은 성적 표현만을 나타내는 행위가 아니에요.
지극히 자연스러운 강아지의 본능이기 때문에,
문제가 되는 선이 아니라면 이해하고 받아들여주세요.

개들에게 중요한 산책

반려견에게 산책은 단순한 운동이 아니랍니다.
세상과 소통할 수 있는 창구이자,
반려인과 소중한 추억을 쌓을 수 있는 삶의 매우 중요한 요소이죠.
산책을 충분히 하지 못하는 경우,
다음과 같은 증세가 나타나곤 해요.

증세 1 : **우울증**

해를 본 게 언젠지…

반려인과의 산책은 늘 가장 기다려지는
시간이기 때문에,
잔뜩 기대했던 친구들은
크게 낙심하기도 한답니다.
더불어 야외에서 맞는 따뜻한 햇볕은
비타민D를 생성해 기분을 좋게 해주므로
나가지 못하고 집에만 있는 경우,
더욱 침울해질 수 있어요.

증세 2 : **사회성 결여**

놀자!
놀자!
?
산책 처음 하나…

산책을 하면 자신과 비슷한 또 다른 친구들이
있음을 경험할 수 있게 됩니다.
그런데 사회화 시기에 충분히 외부환경을
경험하지 못하면
바깥 세상은 점점 더 낯설게 느끼게 되지요.
하지만 간혹 사회화 시기와 백신 접종 시기가 겹쳐
산책이 힘든 경우가 있죠.
이런 경우 이동장이나 유모차에 태워
산책시켜주세요. 외부의 직접적인 접촉을 피하면서
사회성을 기를 수 있는 방법이랍니다.

세상 편안
직진하시개

증세 3 : **스트레스 폭발**

아무리 편하고 소중한 공간일지라도 갇혔다는
생각이 드는 순간부터 스트레스가 쌓일 수 있어요.
결국 이런 스트레스는 짜증과 예민으로 이어져
간혹 보호자의 손길마저 거부하고 싶어지게 합니다.
산책이 부족할 경우 스트레스가 해소되지 않아
반려견의 건강을 위협할 수 있어요.

증세 4 : **후각의 둔감화**

강아지들에게 새로운 냄새는 호기심을 자극하고,
다양한 정보를 제공하는 것이에요.
따라서 산책을 하지 못하고 한 공간에서
같은 냄새만 지속적으로 맡다 보면
후각이 둔해질 수 있어요.
그러니 예민한 코 감각을 유지하기 위해
정기적인 산책은 필수겠죠!

오늘 저녁, 아이들과 함께 밖으로 나가 즐거운 추억을 쌓아보는 게 어떨까요? :)

노란 리본의 반려견

사람마다 성향이 다르듯,
강아지들도 저마다 성향이 다릅니다.

외향적인 성격의 아이들과는 반대로
자신만의 공간이 필요한 강아지들도 있죠.

이런 친구들은 갑자기 사람이 다가서거나 만지면,
크게 놀라거나 불편함을 느끼게 됩니다.

그리하여 시작된 **노란 리본 프로젝트!**

외부 접촉을 피하는 개를 위해
"접근하지 말아주세요"라는 의미로 노란 표식을 달아주고,
행인들도 이에 동참하는 것입니다.

2012년 캐나다에서 시작된 이 프로젝트는
현재까지 약 40여 개 국에서 진행되고 있답니다.

노란 리본, 이럴 때 필요해요!

낯선 사람을 무서워하는 경우

교육을 받고 있는 경우

낯을 가리는 경우

몸이 아픈 경우

수술 후 회복 중인 경우

장애로 몸이 불편한 경우

노란 표식을 한 털친구들을 본다면,
멀리서 사랑스럽게 지켜봐주세요.
서로를 배려하면 안전사고도 예방할 수 있으니까요.

무엇보다 소중한 털

털은 생존과 밀접한 관계가 있어요.

적당한
털길이 ~

- **사계절 내내 몸을 보호:** 털은 추위부터 여름의 직사광선까지 막아줘요.
- **긴급 상황으로부터 보호:** 식물의 가시나 다른 동물의 기습적인 공격으로 발생하는 충격을 완화해줘요.
- **피부 보호:** 공기에 떠다니는 바이러스, 벌레, 모기로부터 보호해줘요.
- **조금 강해 보일 수 있음:** 야생에서는 적당히 털이 있어서 몸이 크고 강해 보이는 게 꽤나 유리했다고 해요.

털갈이 이야기

- **외부환경에 따른 털갈이**
  물론 종과 환경에 따라 털갈이의 시기가 다르긴 하지만, 일반적으로 봄, 가을이 되면 털갈이를 시작해요.
  재미있는 사실은 털갈이가 계절뿐만 아니라 인공조명의 영향을 받기도 한다는 사실!
  낮엔 자연광, 밤엔 전등의 영향을 받는 실내견의 경우 1년 내내 털갈이를 하기도 하죠.

뿡뿡
ㅋㅋ..
ㅋㅋ..

• 견종에 따른 털갈이
요크셔테리어나 말티즈처럼
따뜻한 기후에서 온 친구들은
1년 내내 털갈이를 하기도 해요.
이중모 친구들은 봄엔 속 털이 빠지면서
시원한 여름을 대비하고, 가을엔 겉 털만
빠지면서 따뜻한 겨울 채비를 하죠.

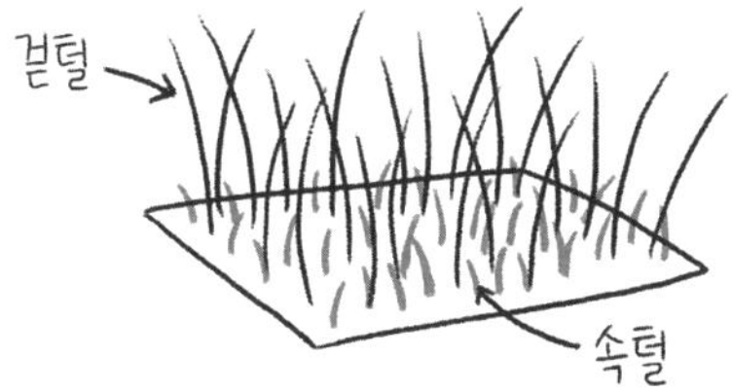

• 빛나는 털 결 관리법
- **짧게 깎지 않기**: 체온 유지를 위해 뻣뻣한 털이 자라날 수 있어요.
  잦은 목욕 금지: 피부병과 탈모가 일어날 수 있으므로 2주에 한 번 정도를 추천해요.
- **빗질 자주 해주기**: 빗질로 모근을 자극해주면 건강하게 털이 자라며, 통풍이 원활해져 세균 번식을 방지해줘요.
- **탈모는 늘 경계**: 아프면 탈모가 생길 수 있으니 털갈이하는 아이가 아니거나 시기가 아니면 유의하세요.

보기에 예쁜 것도 좋지만, 아이들의 특성에 맞춰
관리해주는 것이 무엇보다도 중요하겠죠!

낮잠을 왜 많이 잘까요?

반려견에게도 적정한 수면이 필요합니다.
개들이 많이 자는 이유는 무엇일까요?

평균 수면시간이 길어요.

개들의 수면시간은 성견 기준으로
12시간 정도라고 볼 수 있어요.
사람도 권장 수면시간(7~8시간)이 있는 것처럼,
반려견도 잘 자야 건강한 생활패턴을 유지할 수 있죠.

수면의 질이 낮아요.

개들이 자는 시간의 80~90%는
램수면 상태로 얕게 잠이 든 상태에요.
따라서 깊게 자지 못해 부족한 수면은
낮잠 등으로 보충하는 것이 중요해요.

개와 사람이 느끼는 시간은 달라요.

사람이 느끼는 하루는 개들에겐
6일과 같습니다.
더 긴 하루를 사는 반려견의 입장을 생각해보면,
하루 동안의 수면시간은 길어질 수밖에 없어요.

체력 비축, 안정감을 느껴요.

동물도 사람과 마찬가지로 마음이 편해야
비로소 쉬거나 잠을 잘 수 있어요.
이렇게 체력을 미리미리 비축해두어야
언제든 반려인을 반겨줄 수 있는 힘이
생기는 거죠.

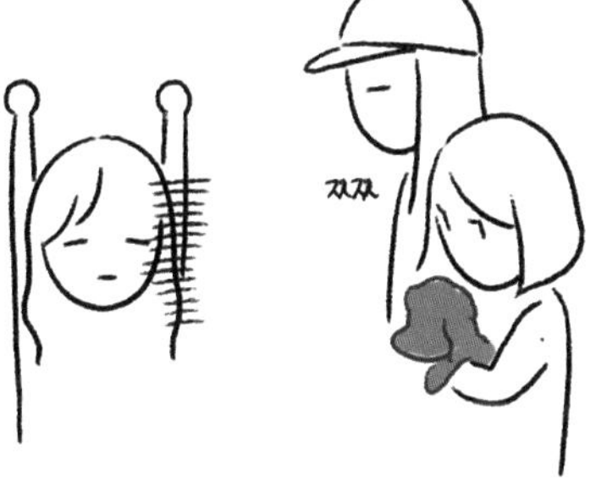

따라서 반려견에게 쾌적한 수면 환경을
제공하는 것도 중요합니다.
부디, 댕댕이들이 곤하게 잘 땐
그냥 자도록 내버려둬주세요.

이름을 불러주세요

반려견 대부분은
자신을 부르는 일정한 호칭인
이름을 알고 있어요.

댕댕아 밥 먹자.

상황 1 보호자가 이름을 부르며 사료나 간식을 보여줍니다.

상황 2 사료나 간식을 발견하고 보호자에게 다가가는 길, 은연중에 자신을 부른 단어(이름)를 들었겠지요?

상황 3 보호자가 간식을 주며 잘 왔다고 칭찬해줍니다.

상황 4 이름을 듣고 보호자에게 가니, 기분 좋은 일이 생겼음을 인지하게 됩니다.

상황1~상황4를 반복하며, 반려견들은 서서히 자신의 이름을 알아가게 됩니다.

하지만 간혹 이름을 불러도
못들은 척 오지 않는 아이들도 있어요.

뽀미야!!
?
(못 들은 척)
걸레짝 된 신발…

가면
혼날 것 같아…
(개무룩)

이름을 듣고 달려갔지만,
야단을 맞았던 기억들이 쌓였기 때문일 수도
있어요. 이름이 곧 혼나는 신호라고 생각하게
된 거죠.

나
불렀나?

올바른 이름 교육만으로도
함께하는 일상이 더 수월해져요.
이름을 소중하고 기분 좋게 여길 수 있도록
앞으로 이름을 불러서 야단치는 일은 없도록 해볼까요?

쓰레기통을 뒤지는 심리

댕댕이 친구들이 쓰레기통을 뒤지는 순서는
보통 다음과 같습니다.

호오..

❶ 쓰레기를 꺼냅니다.

파바바밧

❷ 조각을 내어 날리고 놉니다.

흥!

❸ 자기가 안 한 척합니다.

보통 수색꾼의 본능과 재능이 다분한 친구들이
쓰레기통을 종종 뒤엎곤 하지요.
지루하거나 분리불안 때문에 본능이 폭발할 때도 있어요.
따라서 무조건 혼낼 것이 아니라 이유를 잘 알아보고
그에 맞게 교정할 수 있도록 해주어야 합니다.

- 해결하기 -

• 놀이를 통해 주위를 분산

놀면서 쓰레기통의 존재를 잊게 해주세요.
어느새 댕댕이의 머릿 속엔 간식 생각만
가득할 거예요.

(관심)
쿵쿵

• 쓰레기통 뚜껑은 쉽게 열리지 않게

뚜껑을 꽉 닫거나 눈에 띄지 않는 곳으로
치워둡니다.

어딨지..?

달그락
깜짝

• 소리 자극으로 해결해요.

쓰레기통을 뒤지려고 준비하는 순간!
'댕그랑!' 하는 소리로 자극을 줘요.
개들은 보통 소음을 싫어하기 때문에
쓰레기통에 가까이 갈 때마다
소리 자극을 받게 되면 슬슬 피하기 시작해요.

쓰레기통을 뒤지는 습관은
집을 지저분하게 만들고 이물질 섭취의 위험이 있어
반려견의 건강에도 좋지 않으니 반드시 교정해주세요!

견생을 결정짓는 시기 : 사회화의 중요성

사회화란 세상에 익숙해질 수 있는 준비를 하는 거예요.
그만큼 강아지에게 무척 중요한 경험이죠.
강아지의 사회화에 대해 좀 더 알아볼게요.

나 3개월!
나 7개월!

사회화 시기

강아지의 사회화 시기는 생후 3~16주 정도예요.
이때 배운 것으로 평생을 살아간다 해도 과언이 아닐 만큼
이 시기는 정말 중요해요.

사회화의 범위

똥꼬
발랄~

반려인과의 관계 혹은 다른 생물과의 관계부터
산책길, 자동차, 쇼핑몰, 공원 등 새로운 환경에
노출시켜주는 것까지 다양해요.
만약 사회화 시기를 놓치면 새로운 자극이나
환경에 대한 두려움이 커지게 됩니다.
이는 나중에 방어적인 태도를 보이거나
두려움이 많아질 수 있는 등
여러 부작용을 불러일으키는 원인이 되기도
해요.

사회화 시기에 주의할 점

사회화 시기의 강아지들은 대체로
환경에 잘 적응해요.
그러나 강아지가 적응하지 못하고 두려워하는데도
억지로 여러 자극에 노출시키면
공포감만 커질 뿐이죠.
그러니 무턱대고 모든 것을 경험시키기보다
세상에는 다양한 즐거움이 있음을 알려주며
사회화를 도와주세요.

신입이냐
킁킁

퍼피 파티•는 개들의 사회화에
큰 도움을 줄 수 있습니다.
다른 강아지를 만나게 함으로써
훗날 개를 무서워하거나 관계에 어려움을 느끼지
않도록 경험을 쌓게 해줍니다.

- 퍼피 파티 : 성견이 되기 전의 강아지들끼리 만나 사회성을 기르는 모임.

이왕이면 비슷한 나잇대와 체구끼리의 아이들끼리
만나도록 해주세요.
꼭 여러 마리가 모일 필요는 없어요.
다른 집의 순한 강아지 친구 하나만이라도 초대한다면,
그게 바로 퍼피 파티예요!

사회화 시기의 중요성을 다시 생각하며,
이 시기를 놓치지 않도록 해주세요.

반가워!!
ㄷㄷ..

반려견의 놀이

노느라 바쁜 댕댕이들은 사고를 칠 시간이 없어요.
반려견의 놀이를 다양하게 알고
숙달하도록 해주는 것은 매우 중요해요.

콩(Kong) 장난감

내부에 빈 공간이 있는 장난감으로
안에 넣어둔 간식을 꺼내 먹으며
가지고 놀 수 있어요.

고정된 기둥을 이용한 터그 놀이

❶ 스트랩으로 나무 혹은 기둥을
튼튼하게 감싸요.
❷ 치실 토이를 매달아요.
❸ 당겨, 당겨!

얼음 케이크

❶ 더운 여름에는 닭 혹은 북어 국물에 좋아하는
장난감을 넣고 얼려서 주는 방법도 있어요.
❷ 갖고 놀며 시원하게 냠냠~

그물공 놀이

구멍 난 그물공에 간식을 숨긴 천 조각을
구겨 넣어줘요.

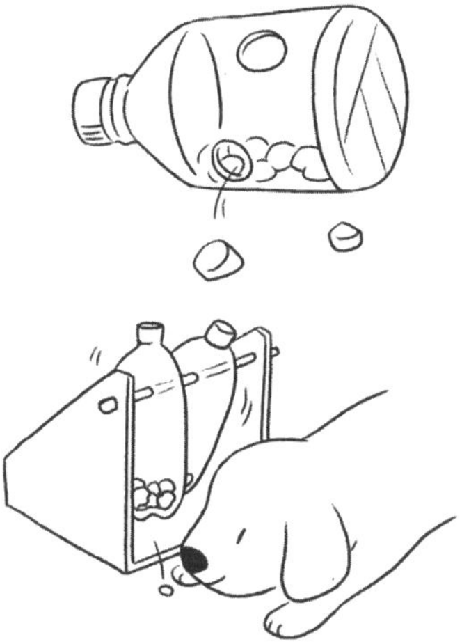

DIY 장난감

장난감은 직접 만들어줄 수도 있어요.

❶ 간편 노즈워크
페트병이나 통에 구멍을 뚫어• 간식을 넣어줍니다.
페트병의 날카로운 잘린 단면에 베이지 않도록
주의해야 해요.

❷ 간식 급여기
페트병에 구멍을 뚫고, 그 구멍에 막대를 꽂아두거나
줄을 묶어 매달아주세요.

- 이때 간식이 너무 쉽게 나오거나, 반대로 나오지 않는 일이 없도록 구멍의 크기를 조절해줍니다.

휴지심 속 간식 찾기

❶ 휴지심 속에 간식을 넣어요.
❷ 양쪽 바깥을 종이로 막아줘요.

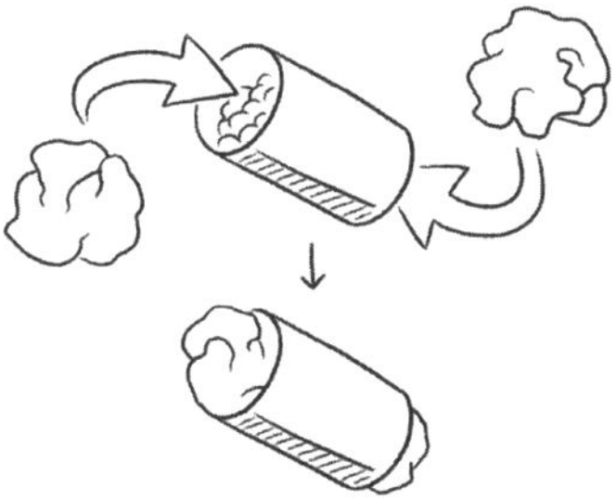

이런 장난감은 특히 반려인의 외출 시 활용할 수 있어요.
집을 비울 때도 장난감이 있다면, 반려견이 외로움을 잊을 수 있고 덜 심심하겠지요?

반려견에게 얼마나 신뢰받고 있나요?

견집사로서 반려견에게 얼마나 사랑받고 있는지
알아볼까요?

1단계 : 이름 불러보기

빨리 달려올수록
당신을 믿고 따른다는 거예요.

헐레
벌떡
절미야~!

가지 마아아~

2단계 : 외출 시 반응 살펴보기

신뢰도가 높을수록
보호자의 외출에 태연해요.
보호자가 금방 돌아와줄 것이라
굳게 믿기 때문이죠.

3단계 : **스킨십하기**

싫어하는 사람이 만지면
피하고 싶기 마련이에요.
같은 맥락에서 보호자를 신뢰하는 만큼
반려견은 스킨십을 즐겨요.

잘 따라오구 있지?
(흐뭇)

4단계 : **눈 마주치기**

특히 산책 중 차량 등장과 같은 돌발 상황에서
반려견이 뒤돌아보며 눈을 마주치는 경우,
보호자를 깊이 신뢰한다고 볼 수 있어요.

5단계 : **기다리기**

간식을 주거나 산책을 준비할 때
보채지 않고 기다릴 줄 안다면
보호자를 절대적으로 신뢰하고 있다는 의미예요.

반려견은 당신이 주는 사랑 그 이상을 돌려준답니다. :)

잠자는 보호자를 깨우는 반려견

나른한 주말의 늦잠은 반려인에겐 대부분 사치이죠.
어김없이 늦잠을 깨우는 털 친구들의 마음은 이렇답니다.

밥그릇을 건드리며 소음을 낸다.

마치 배가 고프면 다소 과격해지는 사람들의 모습과 비슷하죠.

'댕그랑! 탕!'

밥그릇을 치고 가지고 놀면서 확고하게 배고픔을 표현해요.
잠깐 일어나 제때 밥을 챙겨주고 휴일의 달콤한 늦잠을 다시 즐기면 어떨까요?

배고파..
밥줘..

놀아달라
심심하다
1견 시위

굳이 자는 반려인 근처에서 놀거나 장난감을 던진다.

개들은 함께 산책하고 노는 시간을 가장 좋아하고 기다리지만, 오래 기다리다 보면 한계를 느끼고 애가 탈 수 있어요.
시위가 시작될 수 있으니 평소에 조금씩이라도 자주 놀아주어야 해요.

뒤가 마려운 듯 뭔가 보채는 경우

깔끔한 성격을 가진 친구들은
산책 시 외부의 정해진 장소에서만 배변하려
할 수 있어요.
용변을 너무 참지 않도록 잠깐이라도
데리고 나가주세요.

쉬마려
인나..
나가자..
우웅..

간지러워ㅋㅋ

**밤중에 온 집 안을 헤집고 다니며
기상을 외친다.**

무리 생활의 습성이 있는 개들은 가족과
늘 함께하고 싶어 해요.
모두가 잠든 길고 길었던 밤을 잘 참아냈으니,
아침이 시작되는 순간부터는 기쁜 마음으로
일어나서 놀아주세요!

혼자 있을 때 개들은 무엇을 할까?

매일 집으로 돌아와 현관문을 열 때마다
온 힘을 다해 반겨주곤 하는 털 친구들은
저마다의 방식으로 보호자를 기다리곤 해요.

주인아 언제 와…
(망부석)

현관에서 요지부동형

오매불망 보호자가 오기만을 기다리는 유형이죠.
간혹 다른 가족이 집에 있더라도 개의치 않고
현관에 눌러앉아 기다려요.

안절
부절

분리불안형

분리불안형의 첫 번째 행동은 하울링을 하거나
낑낑 소리를 심하게 내는 것이에요.
잠시라도 떨어져 있는 것을 견디지 못해 안절부절못하고 소리를 내기도 합니다.
외출하고 돌아왔을 때, 무분별하게 마킹을 하거나
집이 난장판으로 어질러져 있는 경우도 분리불안형으로 볼 수 있어요.
불안감과 스트레스를 표시하는 방법이에요.

음식 털기형

분명 찾기 힘든 곳에 음식을 숨겨두어도, 어떻게든 찾아서 모두 먹어버리는 유형도 있어요.
초콜릿이나 포도와 같이 개에게 치명적인 음식은 특히 신경 써서 잘 보관해야 해요.

zzz

끝없는 잠형

반려인의 흔적이 남아 있는 아늑한 공간에서 잠을 자며 반려인을 조용히 그리워하는 유형.
이런 경우 외출 전에 반려인의 냄새가 가득 밴 옷가지나 양말을 주는 것도 좋아요.

보호자의 외출을 개의치 않는 경우

보호자에 대한 믿음이 강한 친구들일수록, 신경 쓰지 않고 자신만의 생활방식을 즐겨요.
가장 이상적인 유형으로 볼 수 있어요.

행복한 솔로라이프~~
둠칫
두둠칫

사람이 무심코 흘려보낸 한 시간은
반려견에게는 너무나도 긴, 6시간과 같아요.
그동안 오매불망 보호자를 기다리며 애탔을 마음을 기억해주세요.

반려견도 음악적 취향이 있어요

음악은 휴식과 안정감 혹은 스트레스 해소에 도움이 됩니다.
사람에게뿐 아니라 반려견에게도 마찬가지랍니다.

클래식형

클래식을 듣다 보면 평소보다 짖음 횟수, 심박수 등이 낮아지는데
스트레스까지도 줄어들어요.
특히 클래식 중에서도 피아노 소리를 좋아한답니다.

레게형

댕댕이의 음악적 취향이 클래식뿐이라고 생각하면 오산이에요.
트렌디한 레게 음악도 선호해요.

가사가 섞인 대중가요

가사의 유무와 상관없이,
대중가요 중에서도 선호하는 곡이 있0
개마다 취향이 다른 것처럼요.

NO 관심…

그만 좀 해!!

음악 감상 시 유의점

헤비메탈이나 지나치게 시끄러운 곡들은
청각이 예민한 친구들을 괴롭게
할 수 있어요.

❶ 종일 음악에 노출되면 청력에 좋지 않겠죠?
가끔은 귀를 쉬어줘야 해요.
❷ 똑같은 음악을 반복하면 긍정 효과가 감소해요.
❸ 하루 2~4시간씩 주기적으로 틀어주면
효과가 좋아요.

우리 아이들의 음악적 취향이 뭔지
지금부터 한번 알아보는 게 어떨까요?

개들이 좋아하는 소리, 싫어하는 소리

개들은 워낙 청각 능력이 뛰어나(사람의 4~6배)
의도치 않게 더 많은 소리를 듣게 돼요.
"개는 환경보다 소리에 더 겁을 먹는다"라는 말이 있을 정도로
일상 속 청각 스트레스는 꽤 큰 편이죠.

● 선호하는 소리

좋은 기억이 담긴 소리

맛난 간식이나 사료가 그릇에 떨어질 때의 소리,
칭찬 소리. 이런 비슷한 소리만 들려도
기분은 하늘을 찌르죠.

벌떡
토도도독
(사료소리)

(혼란)
칭찬인가?
혼내는 건가?

그런데 좋은 기억이 담긴 소리에 나쁜 기억이
섞이면 매우 혼란스러울 수 있으니,
칭찬하는 말투와 혼내는 말투는
반드시 구분해서 사용해주세요.

마루야↗

여성의 목소리

여성의 목소리는 남성보다 음역대가
1.5배 정도 높아서 강아지 입장에서는 '잘 들려요.'
그러니 좋을 수밖에 없지요.

● 싫어하는 소리

천재지변 소리

천둥소리는 언제 들어도 공포스러워요.
사람에게도 마찬가지죠.

우르르
쾅쾅!!
무셔…

으르르
위이이잉

외부 소음

환경보다 소리에 더 겁을 먹기 때문에
불꽃놀이, 총소리, 진공청소기 소리와 같은
자극이 큰 소음은 싫을 수밖에 없어요.

감정적인 소리

감정이 잔뜩 실린 소리를 들으면
마음이 늘 불편하고 불안해요.

(안절부절)
응애앵

으르르
Rrrr

이해하기 힘든 생활 소음

왜 들리는지 이해할 수 없는 소리는
개들에게 스트레스를 줘요.
갑자기 울리는 전화기 벨소리도
경계심을 자극하기에 충분하죠.

개들은 초능력에 가까운 타고난 청각 능력을 갖고 있다는 걸 늘 기억해주세요.

우리 아이에게 개춘기가 왔어요!

반려견에게도 사춘기가 와요.
보통은 이유 없는 행동을 하지 않지만,
이 시기에는 이유 없이 반항도 하지요.

긐크…너냐
이 몸을 건든 놈이…

그래
내가 했다!!
우짤끈데!

반려견의 사춘기는 보통 출생 후
7~12개월 사이예요.

(예민)

성장에 따른 호르몬 수치의 변화 때문에
반려견도 사람의 사춘기처럼 예민해질 수 있어요.

사춘기를 잘 극복하기 위해서는
혼내기보다는 달래주세요.

민감한 사춘기에 보호자와 좋은 관계를 맺으면
어느새 신뢰감이 쌓여 앞으로의 교육이
쉬워진답니다.

신나게 놀아주는 것도
사춘기를 금방 극복하는 방법이에요.
노즈워크, 터그 놀이, 캐치볼 등 재미있는 놀이로
스트레스를 해소하면, 예민하고 날카로웠던
마음이 어느새 눈 녹듯 누그러지죠.

호기심 해소에 건강까지 잡을 수 있도록
산책을 자주 하는 것도 아주 좋겠죠.

인내와 따뜻한 관심으로 사춘기를 잘 극복한다면
반려견은 평생 우리의 곁을 든든히 지키는
좋은 친구가 될 거예요.

반려견에게 위로를 받았어요

한없이 지치고 슬펐던 어느 날,
예상치도 못하게 함께 사는 반려견의 위로를 받았다는 이야기는
반려인 사이에서는 공공연하게 받아들여지는데요,
한 실험 사례를 통해 진실 여부를 알아볼까요?

영국 L대학교 심리학과
연구팀의 실험 이야기

다음과 같이 우는 사람, 말하는 사람,
노래를 흥얼거리는 사람을 본
강아지의 반응을 살펴보았습니다.

그 결과 강아지는
우는 사람에게 다가가 코를 비비고
핥는 등의 행동을 보여주었다고 해요.

친밀함의 여부를 떠나 낯선 사람인데도
울고 있는 이에게 무작정 달려가 위로를 해주기도 했죠.

반려견은 사람의 '비언어적 행동'을 읽어낼 만큼
사회적으로 성숙하고, 따뜻한 마음을 지닌 존재랍니다.

아파도 말 못하는 강아지

개들은 아파도 정확히 어디가 아픈지
보호자에게 이야기해줄 수 없어요.
따라서 우리는 아이들이 보여주는 신호를
잘 관찰해야 합니다.

식욕의 변화

식욕의 증감은 위험신호일 가능성이 다분해요.
식욕이 저하되고 체중이 갑자기 줄었다면
빨리 병원을 찾으세요.

코가 건조해요.

잘 먹고 잘 뛰어다녀서 건강한 강아지일수록
코가 촉촉해요.
건조한 환경이 아닌데도 코가 말랐다면
열이 있는지 확인하고
지속될 경우 병원으로 가야 해요.

어둠에 대한 불안

밤 산책을 두려워하거나
어두운 곳에서 움직이지 못한다면,
잘 보이지 않는다는 신호일 수 있어요.
눈은 예민한 부분이므로,
정확한 진단을 받아야 해요.
시력 저하 진단을 받았다면,
집 안 구조를 바꾸지 말고
잘 적응할 수 있도록 도와주어야 해요.

머리를 지나치게 털어요.

머리를 자주, 부자연스럽게 흔든다면
귀와 관련된 질환이 있을 수 있으니
잘 살펴봐주어야 해요.

파르르르

스킨십에 예민한 반응

몸이 불편하면, 평소 스킨십을 좋아했던 아이도
갑자기 방어적 태도를 보일 수 있어요.
특정 부위에 대한 접촉에
돌발행동을 하기도 해요.
당황하면 더 불안해할 수 있으니,
우선 침착하게 달래주세요.

구토를 해요.

이물질 섭취 혹은 소화기관 장애, 기생충 감염 등
다양한 원인을 생각할 수 있어요.
구토를 자주 한다면 바로 병원으로 데려가주세요!

핥핥

그루밍을 지나치게 해요.

특정 부위를 지나치게 집중해서 핥는 경우,
피부질환으로 이어질 수 있으니
꼭 상태를 확인해주세요.

겁이 많은 우리 아이

낯선 존재는 누구에게나 불편하겠죠.
택배 기사님이나 처음 보는 반려인의 지인은
반려견에겐 그저 낯선 이들일 뿐이에요.

트라우마도 한몫을 합니다.

예전에 자신을 때렸던 사람들에 대한 기억,
몸이 커다란 친구에 대한 슬픈 기억들은
자꾸만 경계심을 일으켜 어쩔 수가 없어요.

사회화 시기(생후 3주~16주)에
바깥세상을 전혀 경험하지 못하면
모든 낯선 것을 두려워하게 됩니다.
세상의 모든 것이 경계의 대상이 되죠.

평생 두려워하며 살 수는 없어요.
두려움은 노력하면 극복할 수 있습니다.
대신 보호자의 많은 도움이 필요해요.

얼어붙음

사회화는 한 번에 이뤄지지 않는답니다.
강아지들이 많은 장소에 무작정 둔다면,
오히려 스트레스만 받고
행동은 더 소심해질 수 있어요.
천천히 시간을 갖고 강아지 친구들에게
익숙해질 수 있는 시간을 주세요.
반려견 모임 등을 통해 자연스럽게,
한 마리씩 친구를 늘려주는 것도 방법이에요.

냄새로 맛있는 간식을 직접 찾아 먹는
노즈워크 놀이를 하는 것도 좋아요.
후각을 사용하는 놀이를 통해
자신의 힘으로 간식이라는 성취를 맛본
강아지는 자신감이 커질 수 있답니다.

세상에는 다양한 성격을 가진 강아지들이 있어요.
활발한 아이도 있는 반면, 내성적인 아이도 있고요.
몸이 아프거나 노견이어서 겁이 많아질 수도 있지요.
그런데 "사회화가 안 됐네!, 교육을 잘못시켰네"라며
함부로 판단하는 것은 반려인과 반려견 모두에게
상처가 될 수 있어요.
서로 다름을 인정하고 배려하는 것이 좋겠죠?
반려견이 두려움을 극복하려면 보호자의 관심과
노력이 꼭 필요하다는 것을 늘 기억해주세요.

펫로스 증후군

우리는 언젠가 반려견을 떠나보내야 할 때를 맞이하게 되죠.
비록 자연의 섭리이긴 하지만,
늘 함께했던 소중한 가족을 잃은 슬픔과 아쉬움은
이루 다 말할 수 없는 게 사실입니다.

펫로스(Pet loss) 증후군
가족처럼 사랑하는 반려동물이 죽은 뒤에 경험하는
상실감과 우울 증상이에요.

좀 더 잘 돌보지 못했다는 죄책감에
스스로를 자책하며 우울증을 동반하는
이러한 증상들은 아주 자연스러운 현상이니
주변 사람들의 공감과 이해가 절대적으로 필요합니다.

타인의 슬픔을 가벼이 여기며 판단한다면
반려인의 마음은 더욱 더 무너져 내릴 거예요.

만약 반려견을 떠나보낸 지 얼마 되지 않았다면,
억지로 잊으려 노력하지 않아도 좋아요.
키우던 반려동물을 닮은 다른 친구를
성급하게 입양하기보다는,
충분한 애도의 시간을 가지며
아이들을 추억하는 시간을 갖는 것이 좋습니다.

먼저 하늘로 간 아이들이 우리를 그곳에서
기다린다는 말이 있죠.
다시 만날 그날까지 우리가 씩씩하게 지내주길
바랄 거예요.

반려견에게 배우는 행복 레시피

언제 어디서든 강아지와 함께 행복할 수 있는
비법은 무엇일까요?

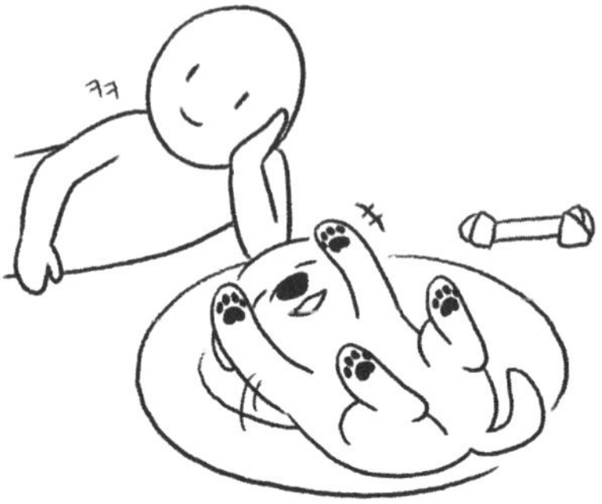
ㅋㅋ

개인마다 행복의 기준은 다르겠지만,
행복하게 살고 싶은 마음은 모두 같을 거예요.
늘 곁에 행복을 두고 살아갈 수 있다면 좋겠지만,
사실 그게 생각만큼 쉽지는 않죠.

가장 먼저 해야 하는 일은,
행복의 기준을 어렵지 않게 잡는 것이에요.
반려견들은 지금 이 순간과 일상의 즐거움을 충분히
만끽하며 행복을 누려요.
익숙하고 편안한 공간에서 장난감을 가지고 놀거나,
사랑하는 보호자와 함께하는 모든 순간이
반려견에겐 행복 그 자체랍니다.

산책 갈까?
벌떡

반려견의 행복 비법 두 번째,
경청이에요.
삶의 기쁨과 힘이 되어주는 반려견은
보호자의 말을 진심으로 귀 기울여 들어요.

근데 내가~
#$ㄹ흐%
(진지)

갸웃
갸웃

말똥말똥한 눈빛으로 귀를 쫑긋,
고개는 갸웃하며 주의 깊게 이야기를 듣지요.
우리가 상대의 말을 듣지 않고 자기 주장만
고집하며 목소리를 높일 때,
오해와 다툼이 생기곤 하지요.
주변의 소리에 귀 기울일 때
소통과 배려가 생기고
모두가 행복에 가까워질 수 있어요.

마지막 비법!
반려견은 자신의 소중함을 알고 마찬가지로
타인에 대한 편견을 갖지 않으며
행복을 곁에 둔답니다.
다리가 길든 짧든, 주름이 있든 없든 간에
자신을 남과 비교하지 않으며,
친구를 사귈 때도 편견과 기준을 내세우지
않아요.